唐文邦

中國兒童文學名家精選

甜橙樹

（修訂版）

曹文軒 著

新雅文化事業有限公司
www.sunya.com.hk

中國兒童文學名家精選

甜橙樹（修訂版）

作　　者：曹文軒
責任編輯：陳友娣
美術設計：何宙樺
出　　版：新雅文化事業有限公司
　　　　　香港英皇道 499 號北角工業大廈 18 樓
　　　　　電話：(852) 2138 7998
　　　　　傳真：(852) 2597 4003
　　　　　網址：http://www.sunya.com.hk
　　　　　電郵：marketing@sunya.com.hk
發　　行：香港聯合書刊物流有限公司
　　　　　香港新界大埔汀麗路 36 號中華商務印刷大廈 3 字樓
　　　　　電話：(852) 2150 2100
　　　　　傳真：(852) 2407 3062
　　　　　電郵：info@suplogistics.com.hk
印　　刷：中華商務彩色印刷有限公司
　　　　　香港新界大埔汀麗路 36 號
版　　次：二〇一七年四月初版
　　　　　二〇一八年三月二版
版權所有‧不准翻印

ISBN: 978-962-08-6777-4
© 2017 Sun Ya Publications (HK) Ltd.
18/F, North Point Industrial Building, 499 King's Road, Hong Kong
Published and printed in Hong Kong.

目錄 ⎯⎯⎯⎯⎯⎯⎯⎯⎯⎯⎯⎯⎯⎯⎯⎯

作者簡介

曹文軒，1954 年生於江蘇鹽城的農村。他童年時家庭貧困，只在父親出任校長的一所小學的圖書室讀書。1977 年畢業於北京大學中文系，現任北京大學教授、北京作家協會副主席、中國作家協會魯迅文學院客座教授等。

1979 年開始發表文學作品，不少是以農村生活為題材。曹文軒提倡「苦難閱讀」，認為苦難是生活中無法避免的，而且是「成長必須經歷的陣痛」，因此他筆下的兒童在成長過程中不免遇上苦難，有的能積極面對，有的就在痛苦中學習、成長。

代表作品有長篇小說《草房子》、《細米》、《紅瓦黑瓦》、《根鳥》、《青銅葵花》、《山羊不吃天堂草》、《丁丁當當》、《我的兒子皮卡》、《大王書》等；主要文學作品集有《憂鬱的田園》、《紅葫蘆》、《薔薇谷》、《追隨永恆》、《三角地》、《阿雛》等。多部作品被翻譯成多國語言。

他的作品獲獎無數，例如全國優秀兒童文學獎、宋慶齡兒童文學獎金獎、冰心兒童文學獎、中宣部精神文明建設「五個一工程」獎、國家圖書獎、中國出版政府獎、中華優秀出版物獎等。

2004 年曾獲提名「國際安徒生獎」，2016 年獲第二度提名，並成功取得獎項，成為首名獲此殊榮的中國作家。

國際安徒生獎介紹 ○────

▍「國際安徒生獎」簡介

　　「國際安徒生獎」（*Hans Christian Andersen Award*）是國際性的文學獎，被視為兒童圖書創作者的最高榮譽，所以它又稱為「小諾貝爾獎」或「諾貝爾兒童文學獎」。它由國際兒童讀物聯盟（*International Board on Books for Young People*，簡稱 IBBY）於 1956 年設立，每兩年評選一次，每次授予一名兒童文學作家和一名插圖畫家（自 1966 年起），以獎勵並感謝他們對兒童文學事業的持久貢獻。得獎者需專注於兒童文學領域並有優秀的表現，而且需仍在世。

　　這個獎項由丹麥女王瑪格麗特二世贊助，並以童話大師安徒生的名字命名。獎品包括一枚刻有安徒生頭像的金獎章和一份證書，在每兩年一屆的 IBBY 大會上頒發給獲獎者。

▍獲國際安徒生獎提名

　　在 IBBY 評選國際安徒生獎之前，先由世界各地的超過六十個 IBBY 分會負責提名，推薦他們認為在兒童文學領域有傑出貢獻的作家和插圖畫家。參與提名的委員都是兒童文學界的專家，因此獲得提名已是一種榮譽和肯定。

　　以中國為例，國際兒童讀物聯盟中國分會（CBBY）在選出「國際安徒生獎」提名名單前，會先在國內選出「中國安徒生獎」得獎作家和畫家，這些得獎者有機會獲提名「國

際安徒生獎」。

　　歷年來有幾位中國作家獲提名「國際安徒生獎」，例如孫幼軍（1990 年）、金波（1992 年）、秦文君（2002 年）、曹文軒（2004 年、2016 年）和張之路（2006 年）。

▌國際安徒生獎的評審宗旨和標準

　　國際安徒生獎創設的宗旨是推動兒童閱讀，提升文學和美學的藝術境界，幫助兒童建立正面的價值觀，促進世界和平。

　　國際安徒生獎的評選標準主要是在文學與美學的價值上，但隨著時代的改變，對文學與美學的判斷也會改變。國際安徒生獎的得獎者不僅要在藝術上有卓越的成就，他們的創作也必須能對世界各地的兒童產生健康、積極的精神鼓舞。不過，國際安徒生獎評選時，重點考慮的不是候選人的作品，而是創作者本身的成就和貢獻。

　　IBBY 還期望通過國際安徒生獎，鼓勵兒童圖書創作，推動優質的兒童圖書翻譯工作，並促進世界各地的交流。

文學：為人類提供良好的人性基礎_(代序)

　　兒童文學是用來幹什麼的？多年前，在山東煙台的一次全國性會議上，我提出了一個觀點：兒童文學作家是未來民族性格的塑造者。此後，這一觀點一直在影響着中國的兒童文學。前幾年，我將這個觀點修正了一下，做了一個新的定義：兒童文學的使命在於為人類提供良好的人性基礎。我現在更喜歡這一說法，因為它更廣闊，也更能切合兒童文學的精神世界。

　　換一種說法：兒童文學的目的是為人打「精神的底子」。

　　那麼，這個所謂的「良好的人性基礎」究竟包含了哪些元素？

▎道義

　　文學之所以被人類選擇，作為一種精神形式，當初就是因為人們發現它能有利於人性的改造和淨化。文學從開始到現在，對人性的改造和淨化，起到了無法估量的作用。在現今人類的精神世界裏，有許多美麗光彩的東西來自文學。在今天的人的美妙品性之中，我們只要稍加分辨，就能看到文學留下的痕跡。沒有文學，就沒有今日之世界，就沒有今日之人類。人類當然應該像仰望星辰一樣仰望那些曾為他們創造了偉大作品的文學家。沒有文學，人類依舊還在渾茫與灰暗之中，還在愚昧的紛擾之中，還在一種毫無情調與趣味的純動物性的生存之中。

文學——特別是兒童文學，要有道義感。文學從一開始，就是以道義為宗的。

必須承認，固有的人性遠非那麼可愛與美好。事實倒可能相反，人性之中有大量惡劣成分。這些成分妨礙了人類走向文明和程度越來越高的文明。為了維持人類的存在與發展，人類中的精英分子發現，在人類之中，必須講道義。這個概念所含的意義，在當初，必然是單純與幼稚的，然而，這個概念的生成，使人類走向文明成為可能。若干世紀過去了，道義所含的意義，也隨之不斷變化與演進，但它卻也慢慢地沉澱下一些基本的、恒定的東西：無私、正直、同情弱小、扶危濟困、反對強權、抵制霸道、追求平等、嚮往自由、尊重個性、呵護仁愛之心……人性之惡，會因為歷史的顛覆、階級地位的更替、物質的匱乏或物質的奢侈等因素的作用而時有增長與反撲，但文學從存在的那一天開始，就一直高揚道義的旗幟，與其他精神形式（如哲學、倫理學等）一道，行之有效地抑制着人性之惡，並不斷使人性得到改善。徐志摩當年講：「托爾斯泰的話，羅曼·羅蘭的話，泰戈爾的話，羅素的話，不論他們各家的出發點怎樣的懸殊，他們的結論是相調和相呼應的，即使不是完全一致的。他們柔和的聲音永遠呼喚着人們天性裏柔和的成分，要他們醒來，憑着愛的力量，來掃除種種妨礙我們相愛的力量，來醫治種種激蕩我們惡性的瘋狂，來消除種種束縛我們自由與污辱人道尊嚴的主義與宣傳。這些洪大的聲音好比是陽光一樣散布在地面上，它

給我們光，給我們熱，給我們新鮮的生機，給我們健康的顏色……」沒有道義的人類社會，是無法維持的；只因有了道義，人類社會才得以正常運轉，才有今天我們所能見到的景觀。

由此而論，不講道義的文學是不道德的。不講道義的兒童文學更是不道德的。

文學張揚道義，自然與道德說教絕非一樣。道德說教是有意為之，是生硬而做作的。而張揚道義，乃是文學的天生使命，是一種自然選擇。在這裏，道義絕非點綴，絕非某個附加的主題，而是整個文學（作品）的基石。這基石深埋於土，並不袒露、直白於人。它的精神浸潤於每一個文字，平和地滲入人心，絕不強硬，更不強迫。

一件藝術品，倘若不能向我們閃爍道義之光，它就算不上是好的藝術品。

▍情調

今日之人類與昔日之人類相比，其區別在於今日之人類有了一種叫做「情調」的東西。而在情調養成中間，文學有頭等功勞。

人類有情調，使人類超越了一般動物，而成為高貴的物種。情調使人類擺脫了貓狗一樣的純粹的生物生存狀態，而進入一種境界。在這一境界之中，人類不再是僅僅有一種吃喝以及其他種種官能得以滿足的快樂，而有了精神上的享受。人類一有情調，這個物質的、生物的世界從此似乎變

了，變得有説不盡或不可言傳的妙處。人類領略到了種種令身心愉悦的快意。天長日久，人類終於找到了若干表達這一切感受的單詞：靜謐、恬淡、散淡、優雅、憂鬱、肅穆、飛揚、升騰、聖潔、素樸、高貴、典雅、舒坦、柔和……

　　文學似乎比其他任何精神形式都更有力量幫助人類養成情調。「寒波澹澹起，白鳥悠悠下。」「疏影橫斜水清淺，暗香浮動月黄昏。」「閑上山來看野水，忽於水底見青山。」「黄鶯也愛新涼好，飛過青山影裏啼。」……文學能用最簡練的文字，在一刹那，把情調的因素輸入人的血液與靈魂。但丁、莎士比亞、歌德、泰戈爾、海明威、屠格涅夫、魯迅、沈從文、川端康成……一代一代優秀的文學家，用他們格調高雅的文字，將我們的人生變成了情調人生，從而使蒼白的生活、平庸的物象一躍成為可供我們審美的東西。

　　情調改變了人性，使人性在質上獲得了極大的提高。

　　而情調的培養，應始於兒童。

　　情調大概屬於審美範疇。

　　關於美和美感，是一個我不管走到什麼地方都會遇到的問題。這個問題好像是專門為我所設定的，因為中國像我這樣的作家可能為數不多，在這樣一個年頭還講美，講美感。我的看法是一貫的，在我的意識裏有一個非常重要的東西，就是我認為美感的力量、美的力量絕不亞於思想的力量。在托爾斯泰的《戰爭與和平》中，有一個最經典的場面：安德烈公爵受傷躺在戰場上，因他的祖國已被拿破崙的軍隊佔領，而他的愛情也已破碎，心中萬念俱灰，覺得再活下去

已經沒什麼意義了。此時是什麼東西救了他？是什麼東西使他又獲得了生存的勇氣？既不是祖國的概念也不是民族的概念，而是俄羅斯的天空，俄羅斯的森林、草原以及河流。這就是莊子所講的「天地之大美」，正是這個大美，使他獲得了生的勇氣。

是思想的力量大還是美的力量大？

思想，一個再深刻的思想都可能變為常識，但卻有一個東西是不會衰老的，那就是美。我們再打個比方，東方有一輪太陽，你的祖父在看到這一輪太陽從東方升起的時候，會感動，你的父親看到時會感動，而你在看到這一輪太陽升起的時候也一樣會感動。這種感動一直到你的兒子，孫子，子子孫孫，一代一代地傳下去。美的力量是永恆的。

然而，在當下中國語境裏面卻有一個非常奇怪的現象：「美」成了一個非常矯情的字眼兒，誰談誰矯情。即便是在北大的課堂上，每當說到「美」這個字眼兒的時候，我都覺得矯情。都什麼年頭了你還在談美？我在許多地方都表達過這樣一個觀點：中國不少作家把醜和髒混為一談。西方的文學和藝術一直在寫醜，這是沒有問題的，醜是它裏面很重要的一脈，但是它不寫髒。醜和髒是兩個完全不同的概念。打個比方，我們說這個人長得很醜，但並不意味着這個人很髒，也許這個很醜的人還是一個非常非常乾淨的人呢。所以髒和醜是兩個不同的概念。

成人文學那裏不再講美與審美，我們就別去管他了，爹死娘嫁人，由他去吧。兒童文學這一塊，我們還是要講一

講的。不打這個底子不行。沒有這個底子，人性是會很糟的。且別急着深刻，且別急着將人類的醜行那麼早地揭示給他們。錢理群先生發表過一個觀點——他本是一個思想很鋭利、很無情的人，但説到給孩子的文字時，他卻説，人的一生猶如一年四季。兒童時代，是人的春天。春天就是春天，陽光明媚，充滿夢想，要好好地過。用不着在過春天的時候就讓他知道寒冷的冬天，要讓他們過完一個完整的春季。錢理群先生懂得——懂得這個人性的底子、精神的底子到底怎麼打。

美育的空缺，這是中國教育的一大失誤。在美育一時還不能進入中國的教育時，文學就更有責任擔當這個責任了，兒童文學尤其應當如此。更何況審美本來就是它的基本品性呢？

▌情感

台灣將有關我的評論文章收成一本集子，電話中我問責編桂文亞女士書名叫什麼，她説叫「感動」。我非常感謝她對我作品的理解。

悲憫情懷（或叫悲憫精神）是文學的一個古老的命題。我以為，任何一個古老的命題——如果的確能稱得上古老的話，它肯定同時也是一個永恆的問題。我甚至認定，文學正是因為它具有悲憫精神並把這一精神作為它的基本屬性之一，它才被稱為文學，也才能夠成為一種必要的、人類幾乎離不開的意識形態的。

古典形態的文學，始終將自己交給了一個核心單詞：感動。古典形態的文學做了多少世紀的文章，做的就是感動的文章。而這個文章，在現代形態的文學崛起之後，卻不再做了。古典形態的文學之所以讓我們感動，就正是在於它的悲憫精神與悲憫情懷。當慈愛的主教借宿給**冉阿讓**①，而冉阿讓卻偷走了他的銀燭台被警察抓住，主教卻說這是他送給冉阿讓的時候，我們體會到了悲憫。當**簡·愛**②得知一切，重回雙目失明、一無所有的羅切斯特身邊時，我們體會到了悲憫。當安德烈公爵血戰疆場昏倒草地，醒來之後凝望潔淨的俄羅斯的天空以及在心中思念家人和他的娜塔莎時，我們體會到了悲憫。當**祥林嫂**③於寒風中拄着拐棍沿街乞討時，我們體會到了悲憫。當沈從文的《邊城》中爺爺去世，只翠翠一個小人兒守着一片孤獨時，我們體會到了悲憫。我們在一切古典形態的作品中，都體會到了這種悲憫。在沉悶蕭森、枯竭衰退的世紀裏，文學曾是情感焦渴的人類的庇蔭和走出情感荒漠的北斗。

---

① **冉阿讓**：也有譯為華尚，法國作家雨果的小說《孤星淚》（又叫《悲慘世界》）裏的男主角。冉阿讓是孤兒，二十五歲時因為偷麵包而被捕入獄，出獄受到主教的感化而成為一個好人。

② **簡·愛**：英國作家夏綠蒂·勃朗特的小說《簡·愛》裏的女主角，小說主要講述簡·愛與一個莊園男主人相愛的過程。

③ **祥林嫂**：中國作家魯迅的小說《祝福》的女主角。祥林嫂年輕時成為寡婦，被婆婆賣到鎮上魯四爺家當工人，後來又被婆婆逼使改嫁，改嫁後所生的兒子被狼吃掉，於是又回到魯四爺家。在連串打擊和中國傳統思想的壓迫下，祥林嫂變得精神異常，結果被魯家趕走，要到街上行乞，最後在風雪中死去。

人類社會滾動發展至今日，獲得了許多，但也損失或者說損傷了許多。激情、熱情、同情……損失、損傷得最多的是各種情感。現代主義看到的情景是確實的。機械性的作業、勞動的重返個體化的傾向、現代建築牢籠般的結構、各種各樣淡化人際關係的現代行為原則，使人應了存在主義者的判斷，在意識上日益加深地意識到自己是「孤獨的個體」。無論是社會還是個人，都在止不住地加深着冷漠的色彩。冷漠甚至不再僅僅是一種人際態度，已經成為新人類的一種心理和生理反應。人的孤獨感已達到哲學與生活的雙重層面。

甚至是在這種物質環境與人文環境中長大的兒童（所謂的「新新人類」）都已引起人類學家們的普遍擔憂。而擔憂的理由之一就是同情心的淡漠（還談不上有什麼悲憫情懷）。

什麼叫「同情」？同情就是一個人處在一種悲劇性的境況中，另一個人面對着，心靈忽然受到觸動，然後生出扶持與援助的慾望。當他在進行這種扶持、援助之時或在完成了這種扶持、援助之後，心裏感到有一種溫熱的暖流在富有快感地流過，並且因為實施了他的高尚的行為，從而使他的人格提升了一步，靈魂受到了一次淨化，更加願意在以後的日子裏，繼續去實施這種高尚的行為。我們已看到，今天的孩子，似乎已沒有多少實施這種高尚行為的衝動了。

種種跡象顯示，現代化進程並非一個盡善盡美的進程。人類今天擁有的由現代化進程帶來的種種好處，是付出了巨大代價的。情感的弱化就是突出一例。

在這一情狀之下，文學有責任在實際上而不是在理論上做一點挽救性的工作。況且，文學在天性中本就具有這一特長，它何樂而不為呢？

我們如此斷言過：文學在於為人類社會的存在提供和創造一個良好的人性基礎。而這一「基礎」中理所當然地應包含一個最重要的因素：悲憫情懷。

文學沒有理由否認情感在社會發展意義上的價值，也沒有理由否定情感在美學意義上的價值。兒童文學更是如此。

藍花

（榮獲冰心兒童文學獎新作獎）

一

一個秋日的黃昏，村前的土路上，蹣跚着走來一位陌生的老婆婆。那時，秋秋正在村頭的銀杏樹下撿銀杏。

老婆婆似乎很老了，幾綹灰白的頭髮，很難再遮住頭皮。瘦削的肩胛，撐起一件過於肥大的舊褂子。牙齒快脫落盡了，嘴巴深深地癟陷下去，嘴在下意識地不住嚅動。她拄着一根比身體還高的竹竿，手臂上挎一個瘦瘦的藍花布包袱，一身塵埃，似乎是從極遠的地方而來。她終於走到村頭後，便站住，很生疏地張望四周，彷彿在用力辨認這個村子。

受了驚動的秋秋，閃到銀杏樹後，探出頭來朝老婆婆望着。當她忽然覺得這是一個面孔和善且又有點叫人憐憫的老婆婆時，就走上前來問她找誰。

老婆婆望着秋秋：「我回家來了……回家……」她的吐詞很不清晰，聲音又太蒼老、沙啞，但秋秋還是聽明白了。她盯着老婆婆的面孔，眼睛裏充滿疑惑：她是誰？秋秋想不出，就轉身跑回家，把七十多歲的奶奶領

到了村頭。

奶奶盯着老婆婆看了半天，舉起僵硬的手，指着對方：「這⋯⋯這不是銀嬌嗎？」

「我回家來了⋯⋯回家⋯⋯」老婆婆朝奶奶走過來。

「你出去三十多年啦！」

「回來啦，不走啦⋯⋯」

圍觀的人慢慢多起來。年輕人都不認識老婆婆，問年紀大的：「她是誰？」「銀嬌。」「銀嬌是誰？」「銀嬌是小巧她媽。」「小巧是誰？」「小巧淹死許多年了。」⋯⋯

這天晚上，秋秋坐在奶奶的被窩裏，聽奶奶講老婆婆的事，一直聽到後半夜⋯⋯

二

你銀嬌奶奶這一輩子就做一件事：給人家幫哭。這幾年，幫哭的事淡了。放在十年前，誰家辦喪事，總要請人幫哭的。辦喪事的人家，總想把喪事辦好。這喪事要辦得讓前村後舍的人都說體面，一是要排場，二是要讓人覺得苦、傷心。辦喪事那天，從早到晚，都有很多人來看。奶奶就喜歡看，還喜歡跟着人家掉眼淚，掉了眼淚，心裏就好過些。誰家的喪事辦得不好，誰家就要遭人議論：「他家裏的人都傷心不起來，一輩沒良心的。」其實呀，也不一定是不傷心，只是那一家子沒有一個會哭的。要讓人覺得傷心，就得一

邊哭一邊數落。有人就不會數落，光知道哭。還有一些不知事理的人，平素就不太會說話，一哭起來，就瞎哭了，哭了不該哭的事情。好幾年前，西王莊周家姑娘死了，是瞞住人打胎死的，是件醜事，是不好張揚的。嫂子是半瘋人，卻當了那麼多人的面，一把眼淚一把鼻涕地數落：「我的親妹妹哎，人家打胎怎麼一個個都不死呢，怎麼你一打胎就死呢？我的苦妹子……」被小叔子一巴掌打出一丈遠：「死開去吧，你！」有人倒不至於把事情哭糟了，但哭的樣子不好看，怪，醜，聲音也不對頭，讓人發笑，這就把喪事的喪給破了。這哭喪怎麼那樣要緊，還有一點你曉得嗎？你小孩子家是不曉得的。奶奶告訴你：說是哭死人呀，實是為了活人的。人死了，可不能就讓他這麼白白地死呀，得會哭，會數落死人一生的功德。許多好人死了，就缺個會數落的，他一生的功德，別人也記不起來了。就這麼不聲不響地死了，活人沒得到一點好處，多可惜！如果能有個會哭會數落的，把他一輩子的好事一一地擺出來，這個好人就讓人敬重了，他家裏的人，也就跟着讓人敬重了。碰到死去的是個壞人、惡人，就更要會哭會數落了。誰也不會一輩子都做缺德事的，總會有些善行的。把他的好事都說出來，人心一軟，再一想人都死了，就不再計較了，還會有點傷心他死呢，覺得他也不是個多麼壞的人，他家裏的人，也就從此抬起頭來了。

　　就這麼着，一些會哭的人，就常被人家請去幫哭。你

銀嬌奶奶哭得最好，誰家辦喪事，總得請她。村裏人知道她會哭，是在她十六歲的時候。她十三歲那年秋天，到處是瘟疫。那天，早上剛抬走她老子，晚上她媽就去了。苦兮兮地長到十六歲，這年末春，村西頭五奶奶死了。下葬這一天，兒女都跪在地上哭。人就裏三層外三層地圍着看，指指點點地說誰誰哭得最傷心，誰誰肚裏苦水多。你銀嬌奶奶就打老遠處站着。這五奶奶心慈，把你沒依靠的銀嬌奶奶當自己的孫女待。在你銀嬌奶奶心中，五奶奶是個大恩人。這裏，五奶奶家的人哭得沒力氣了，你銀嬌奶奶過來了。她撲通一聲在五奶奶棺材前跪下了，先是不出聲地流淚，接着就是小聲哭，到了後來，聲越哭越大。她一件一件地數落着五奶奶的善行，哭得比五奶奶的兒子兒媳婦孫子孫媳婦都傷心。她趴在五奶奶的棺材上哭成個淚人，誰都勸不起她來。哭到後來，她哭不出聲來了，可還是哭。在場的人也都跟着她哭起來。打那以後，誰都知道你銀嬌奶奶哭得好。誰家再有喪事，必請你銀嬌奶奶幫哭。不過，沒有幾個人能知道你銀嬌奶奶怎麼哭得那麼好。她心裏有苦，是個苦人……

三

銀嬌奶奶回來後，出錢請人在小巧當年淹死的小河邊上蓋了一間矮小的茅屋，從此，徹底結束了漂流異鄉的生活。

秋秋常到銀嬌奶奶的小屋去玩。有時，她與奶奶一起去，每逢這時，她就坐在一旁，靜靜地聽着兩個老人所進行的用了很大的聲音卻都言辭不清的談話，看她們的腦袋失控似的不停地點着、晃動着。有時，她獨自一人去，那時，她就會沒完沒了地向銀嬌奶奶問這問那。在秋秋看來，銀嬌奶奶是一個故事，一個長長的迷人的故事。銀嬌奶奶很喜歡秋秋，喜歡她的小辮、小嘴和一雙總是細瞇着的眼睛。她常伸出粗糙的顫抖不已的手來，在秋秋的頭上和面頰上撫摩着。有時，銀嬌奶奶的神情會變得很遙遠：「小巧，長的是跟你一個樣子的。她走的時候，比你小一些……」

秋秋一有空就往河邊的茅屋跑。這對過去從未見過面的一老一小，卻總愛在一塊兒待着。秋秋的奶奶到處對人說：「我們家秋秋不要我了。」

「你到江南去了幾十年，江南人也要幫哭嗎？」秋秋問。

「蠻子① 不會哭，説話軟綿綿的，細聲細氣的，哭不出大聲來，叫人傷心不起來。江南人又要面子，總要把喪事做得很體面，就有不少江北的好嗓子女人，到了江南。有人家需要幫哭就去幫哭。沒幫哭活時就給人家帶孩子、

① **蠻子**：以前北方人對南方人帶貶義的稱呼。

縫衣、做飯，做些零七八碎的雜活。江南人家富，能掙不少錢呢。」

「你掙那麼多錢幹嗎？」

「蓋房子，蓋大房子，寬寬敞敞的大房子。」

「怎麼沒蓋成？」

「蓋成了。」

「在哪兒？」

「離這兒三里路，在大楊莊。」

當秋秋問她為什麼將房子蓋在大楊莊，又為什麼不住大楊莊的大房子卻住在這小茅屋時，她不再言語，只把眼睛朝門外大楊莊方向癡癡地望，彷彿在記憶裏尋找一些幾乎已經逝去的東西。不一會兒，秋秋聽到了她一聲沉重的歎息。後來，在很長一段時間裏，她總沉默着。

秋秋回到家，把這番情景告訴奶奶，並追問奶奶這是為什麼。

奶奶就告訴她：「那時，你銀嬌奶奶幫哭已很出名了。誰家辦喪事，方圓十里地都有人趕來看她哭。她一身素潔的打扮，領口裏塞一塊白手帕，頭髮梳得很整齊，插朵小藍花——幫哭的人總要插一朵小藍花。她來了，問清了死人生前的事情，歎口氣，往跪哭的人面前一跪，用手往地上一拍，頭朝天仰着，就大哭起來。其他跪哭的人都忘了哭，直到你銀嬌奶奶一聲長哭後，才又想起自己該做的事情，跟着

她，一路哭下去。你銀嬌奶奶的長哭，能把人心哭得直打顫。她一口氣沉下去能沉好長時間，像沉了一百年，然後才慢慢回過氣來。她還會唱哭。她嗓子好，又是真心去唱去哭，不由得人不落淚。大夥最愛聽的，還是她的罵哭。哭着哭着，她『罵』起來了。如果死的是個孩子，她就『罵』：『你個討債鬼呀，娘老子一口水一口飯地把你養這麼大，容易嗎？你這沒良心的，剛想得你一點力，腿一蹬就走啦？你怎麼好意思喲！』她哭那孩子的媽媽怎麼懷上他的，怎麼把他生下來的，又是怎麼把他拉扯大的。哭到後來，就大『罵』：『早知道有今天，你娘一生下你，就該把你悶在便桶裏了……』假如死的是個老人，她就『罵』：『你個死鬼哎，心太狠毒了！把我們老老小小的撇下不管了，你去清閒了，讓我們受罪了！你為什麼不把我們也帶了去呀！你害了我們一大家子……』這麼一說，這麼多人跑這麼遠的路來聽你銀嬌奶奶哭，你也就不覺得怪了吧？就在這聽哭的人當中，有一個大楊莊的教小學的小先生。那個人很文靜，臉很白，戴副眼鏡。他只要聽到你銀嬌奶奶幫哭的消息，總會趕到的。他來了，就在人堆裏站着，也不多言，不出聲地看着你銀嬌奶奶。每次幫哭之後，你銀嬌奶奶總像生了一場大病，臉色很難看，坐在凳上起不來。聽哭的人都散去了，她還沒有力氣往家走。那個小先生總是不遠不近地一旁站着。你銀嬌奶奶上路了，他就在她身後不遠不近地跟着，一直把

她送到家門口。後來，你銀嬌奶奶就跟他**成家**① 了。那些日子，你銀嬌奶奶就像換了一個人，整天笑瞇瞇的，臉色也總是紅紅的。孤零零的一個人，現在有家了，有伴兒了，還是一個識字的、愛用肥皂洗面孔的男人，她自然心滿意足。那些日子，她總是想，不能讓他跟着她過苦日子，就四處去幫哭。可也不會總有幫哭的事，其餘時間，她就幫人家做衣服、納鞋底。後來，她生了一個閨女，叫小巧。等小巧過了四歲生日，她跟他商量：『我們再有些錢，就能蓋房子了。我想去江南，高橋頭吳媽她願意帶我去。你在家帶小巧。』她就去了江南。兩年後，她帶回一筆錢來，在大楊莊蓋起了一幢方圓十里地也找不出第二家的大房子。一家三口，和和美美地過了一段日子，她又走了。房子蓋到最後，錢不夠了，跟人家借了債。她又想，那麼大一幢房子，總該有些**家什**②，不然顯得空空蕩蕩的。她還想給小巧他們父女倆多添置一些衣服，不讓他們走在人前被人看低了。再說，她也習慣了在外面漂流。她就沒有想到，再隔一年回來時，小先生已喜歡上他的一個女學生了。那時候的學生歲數都很大。那姑娘長得很好看。而你銀嬌奶奶這時已顯老了。一對眼睛，終年老被眼淚**漚**③ 着，眼邊都爛了，看人都看不太清。她很

---

① 成家：結婚。

② 家什：家具。

③ 漚：在水中長時間浸泡着。

可憐地央求他，他説那姑娘已有孩子了。她沒有吵沒有鬧，帶着小巧又回到了這兒。我對她説：『那房子是你掙的錢蓋的，你怎麼反而留給他？你太老實，太傻！』她把小巧緊緊摟在懷裏不説話。好多人對她説：『叫他出去！』她搖搖頭，説：『我有小巧乖乖。』她把嘴埋在小巧的頭髮裏，一邊哭，一邊用舌頭把小巧的頭髮捲到嘴裏嚼着。打那以後，她再也沒去過大楊莊……」

秋秋走到門口去，用一對淚水朦朧的眼睛朝小河邊上那間小茅屋望着……

四

秋秋往銀嬌奶奶的小屋跑得更勤了。她願意與銀嬌奶奶一起在小河邊上乘涼，願意與銀嬌奶奶一起在屋簷下曬太陽，願意聽銀嬌奶奶絮絮叨叨地説話。有了秋秋，銀嬌奶奶就不太覺得寂寞了。要是秋秋幾天不來，銀嬌奶奶就會拄着竹竿，站到路口，用手在額上搭着，朝路上望。

九月十三，是小巧的生日。一大早，銀嬌奶奶就坐到河邊去了。她沒有哭，只是呆呆地望着秋天的河水。

秋秋來了，就乖乖地坐在銀嬌奶奶的身邊，也呆呆地去望那河水。

銀嬌奶奶像是對秋秋説，又像是自言自語：「我不該把她放在別人家就去了江南。她走的時候，才七歲。她准是

想我了，跑到了河邊上，用蘆葦葉摺了條小船。我知道，她想讓小船帶着她去找我呢。風把小船吹走了。這孩子傻，忘了水，連鞋也不脫，跟着小船往前走了。這河**坎**[①]陡着呢，她一個懸空，滑倒了……」她彷彿親眼看到了似的說着，「那天我走，她哭着不讓。我哄她：『媽媽給你買好東西。』小巧說：『我要棒棒糖。』『媽媽給你買棒棒糖。』小巧說：『我要小喇叭，一吹嗚嗚打響的。』『媽媽給你買小喇叭。』我的小巧可乖了，不鬧了，拉着我的手，一直走到村口。我說：『小巧回頭吧。』小巧搖搖頭：『你先走。』『小巧先走。』『媽媽先走。』……我在外拚命掙錢，跌倒了還想抓把泥呢。到了晚上，我不想別的，就想我的小巧。我給她買了棒棒糖和一吹就嗚嗚打響的小喇叭。我就往回走。一路上，我就想：秋天，送小巧上學。我天天送她去，天天接她回來，要讓她像她爸那樣，識很多字……這孩子，她多傻呀……」她的眼睛直勾勾地望着水，彷彿要從那片水裏看出一個可愛的小巧來。

快近中午時，銀嬌奶奶說：「我生下小巧，就這個時辰。」她讓秋秋攙着，一直走到水邊，然後在河坎上坐下，摸摸索索地從懷裏掏出一個小布包包，放在掌上，顫顫抖抖地解開，露出一**沓**[②]錢來，「小巧要錢用呢。」她把錢

---

① 坎：地面凹陷的地方。

② 沓：量詞，用於疊起來的紙張或薄的東西。

一張一張地放在水上。河上有小風，大大小小的錢，排成一條長長的隊，彎彎曲曲地朝下游漂去。

秋秋用雙手托着下巴，默默地看那些錢一張一張地漂走。有時，風有點偏，把錢颳向岸邊來，被蘆葦稈擋住了，她就會用樹枝將它們推開，讓它們繼續漂去。

離她們四五十米遠的地方，一個叫九寬的男孩和一個叫蝦子的男孩把一條放鴨的小船橫在了河心，正趴在**船幫**② 上，等那錢一張一張漂過來。他們後來爭執起來了。九寬説：「明年讓你撈還不行嗎？」

蝦子説：「不會明年讓你撈嗎？」

爭來爭去，他們又回到了原先商定好的方式：九寬撈一張，蝦子撈一張。

秋秋終於發現了他們，沿着河邊跑去。她大聲地説：「不准你們撈錢！」

九寬嬉皮笑臉地：「讓你撈呀？」

「呸！」秋秋説，「這是給小巧的錢！」

蝦子咯咯咯地笑了：「小巧？小巧是誰？」

九寬知道一點，説：「小巧早死了。」

秋秋找來三四塊半截磚頭，高高舉起一塊：「你們再不走開，我就砸了！」她的臉相很厲害。

九寬和蝦子本來就有點怕秋秋，見秋秋舉着磚頭真要

---

① **船幫**：船身的側面。

砸過來，只好把船朝遠處撐去，一直撐到秋秋看不到的地方，但並未離去，仍在下游耐心地等着那些錢漂過來。

秋秋坐在高高的岸上，極認真地守衛着這條小河，用眼睛看着那錢一張一張地漂過去……

五

這地方的幫哭風曾一度衰竭，這幾年，又慢慢興盛起來。這年春上，往北邊兩里地的鄒莊，一位活了八十歲的老太太歸天了。兒孫一趟，且有不少有錢的，決心好好辦喪事，把所有曾舉辦過的喪事都比下去。年紀大的説：「南邊銀嬌回來了，請她來幫哭吧。」年紀輕的不太知道銀嬌奶奶那輝煌一哭，年紀大的就一五一十地將銀嬌奶奶當年的威風道來，就像談一個神話般的人物。這戶人家的當家主，聽了鼓動，就搬動了一位老人去請銀嬌奶奶。

銀嬌奶奶聽來人説是請她去幫哭，一顆腦袋便在脖子上顫顫悠悠的，一雙黑褐色的手也顫動不已。這裏還有人記得她呢！還用得着她呢！「我去，我去。」她説。

那天，她讓秋秋攙着，到小河邊去，用清冽①的河水，好好地洗了臉，洗了脖子，洗了胳膊，換了新衣裳，又讓秋秋用梳子蘸着清水，把頭髮梳得順順溜溜的。秋秋很興

---

① 清冽：清澈而寒冷。

奮，也就忙得特別起勁。最後，銀嬌奶奶讓秋秋從田埂上採來一朵小藍花，插到了頭上。

銀嬌奶奶是人家用小木船接去的。秋秋也隨船跟了去。

一傳十，十傳百，數以百計的人從四面八方趕來。他們想看看老人們常提到的銀嬌奶奶，要領略領略她那聞名於方圓幾十里的哭。

大多數人不認識銀嬌，就互相問：「在哪兒？在哪兒？」

有人用手指道：「那就是。」

人們似乎有點失望。眼前的銀嬌奶奶，似乎已經失去了他們於傳說中感覺到的那番風采。他們只有期待着她的哭泣了。

哭喪開始，一羣人跪在死者的靈柩前，此起彼伏地哭起來。

銀嬌奶奶被人攙扶着，走向跪哭的人羣前面。這時，圍觀的人從騷動中一下安靜下來，所有的目光皆跟隨着銀嬌奶奶移動着。銀嬌奶奶不太利落地跪了下來，不是一旁有人扶了一下，她幾乎要歪倒在地上。她從領口取白手帕時，也顯得有點拖泥帶水，這使從前曾目睹過她幫哭的人，覺得有點不得勁。她照例仰起臉來，舉起抓手帕的手，然後朝地上拍下，但拍得缺了點分量。她開哭了。她本想把聲音一下子扯得很高的，但全不由她自己了，那聲音又蒼老，又平常，

完全沒有從前那種一下子抓住人並撕人心肺的力量了。

圍觀的人羣有點亂動起來。

鑽在最裏邊的秋秋仰起臉，看着那些圍觀的人。她瞧見了他們眼中的失望，心裏不禁為銀嬌奶奶難過起來。她多麼希望銀嬌奶奶把聲音哭響哭大哭得人寸腸欲斷啊！

然而，銀嬌奶奶的聲音竟是那樣的衰弱，那樣的沒有光彩！

從前，她最拿手的是數落，那時，她有特別好的記憶和言語才能，吐詞清晰，字字句句，雖是在哭泣聲中，但讓人聽得真真切切；而現在，她像是一個人在僻靜處獨自絮叨，糊糊塗塗的，別人竟不知道她到底數落了些什麼。

跟大人來看熱鬧的九寬和蝦子爬在敞棚頂上，初時，還擺出認真觀看的樣子，此刻已失去了耐心，用青楝樹果子互相對砸了玩兒。

秋秋朝他們狠狠瞪了一眼。

九寬和蝦子卻朝秋秋一梗[1] 脖子，眨眨眼不理會，依然去砸楝樹果子。

當蝦子在躲避九寬的一顆楝樹果子而不小心摔在地上，疼得直咧嘴時，秋秋在心裏罵：「跌死了好！跌死了好！」

這時死者的家人，倒哭得有聲有色了。幾個孫媳婦，

---

[1] 梗：動詞，指向上挺直。

又年輕，又有力氣，嗓子也好，互相比着孝心和沉痛，哭出了氣勢，竟然把銀嬌奶奶的哭聲淹沒了。

人們有點掃興，又勉強堅持了一會兒，便散去了。

秋秋一直守在一旁，默默地等着銀嬌奶奶。

哭喪結束了，銀嬌奶奶被人扶起後，有點站不穩，虧得有秋秋做她的**拐棍**①。

主人家是個好人家，許多人上來感謝銀嬌奶奶，並堅決不同意銀嬌奶奶要自己走回去的想法，還是派人用船將她送回。

一路上，銀嬌奶奶不說話，抓住秋秋的手，兩眼無神地望着河水。風把她的幾絲頭髮吹落在她枯黃的額頭上。

秋秋覺得銀嬌奶奶的手很涼很涼……

六

夏天，村裏的貴二爺又歸天了。

銀嬌奶奶問秋秋：「你知道他們家什麼時候哭喪？」

秋秋答道：「奶奶說，明天下午。」

第二天下午，銀嬌奶奶又問秋秋：「他們家不要人幫哭？」

秋秋說：「不要。」其實，她聽奶奶說，貴二爺家裏的人已請了高橋頭一個幫哭的了。

----

① **拐棍**：拐杖。

「噢。」銀嬌奶奶點點頭，倒也顯得很平淡。

這之後，一連下了好幾天雨。秋秋也就沒去銀嬌奶奶的茅屋。她有時站到門口去，穿過透明的雨幕看一看茅屋。天晴了，家家煙囪裏冒出淡藍色的炊煙。秋秋突然對奶奶説：「銀嬌奶奶的煙囪怎麼沒有冒煙？」

奶奶看了看，拉着秋秋出了家門，往小茅屋走去。

過不一會兒工夫，秋秋哭着，從這家走到那家，告訴人們：「銀嬌奶奶死了……」

幾個老人給銀嬌奶奶換了衣服，為她哭了哭。天暖，不能久擱，一口棺材將她收殮了，抬往荒丘。因為大多數人都跟她不熟悉，棺後雖然跟了一條很長的隊伍，但都是去看下葬的，幾乎沒有人哭。

秋秋緊緊地跟在銀嬌奶奶的棺後。她也沒哭，只是目光呆呆的。

人們一個一個散去，秋秋卻沒走。她是個孩子，人們也不去注意她。她望着那一丘隆起的新土，也不清楚自己想哭還是不想哭。

田埂[①]上走過九寬和蝦子。

九寬説：「今年九月十三，我們撈不到錢了。」

蝦子説：「我還想買小喇叭呢。」

---

① **田埂**：田地裏可供走路，以及用來劃分田地界線的小路或小土堤。

秋秋轉過頭去，見九寬和蝦子正在蹦蹦跳跳地往前走，便突然打斜裏攔截過去，並一下插到他倆中間，不等他們反應過來，她已用兩隻手分別揪住了他倆的耳朵，疼得他倆哇哇亂叫：「我們怎麼啦？我們怎麼啦？」

秋秋不回答，用牙死死咬着嘴唇，揪住他倆的耳朵，把他倆一直揪到銀嬌奶奶的墳前，然後把他倆按跪在地上：「哭！哭！」

九寬和蝦子用手揉着耳朵説：「我們⋯⋯我們不會哭。」他們又有點害怕眼前的秋秋，也不敢爬起來逃跑。

「哭！」秋秋分別踢了他們一腳。

他們就哭起來。哭得很難聽。一邊哭，一邊互相偷偷地一笑，又偷偷地瞟一眼秋秋。

秋秋忽然鼻子一酸，説：「滾！」

九寬和蝦子趕緊跑了。

田野上，就秋秋一個人。她採來一大把小藍花，把它們撒在了銀嬌奶奶的墳頭上。

那些花的顏色極藍，極鮮亮，很遠處就能看見。

秋秋在銀嬌奶奶的墳前跪了下來。

田野很靜。靜靜的田野上，輕輕地迴響起一個小女孩幽遠而純淨的哭聲。

那時，慈和的暮色正籠上田野⋯⋯

甜橙樹

男孩彎橋，一早上出來**打豬草**①，將近中午時，覺得實在太累了，就拖着一大網兜草，來到油麻地最大的一棵甜橙樹下，仰頭望了望一樹的甜橙，嚥了一口唾沫，就躺在了甜橙樹下。本來是想歇一會兒再回家的，不想頭一着地，眼前的橙子就在空中變得虛虛飄飄，不一會兒就睡着了，一睡着就沉沉的，彷彿永遠也醒不來了。

那隻草繩結的大網兜，結結實實地塞滿了草，像一隻碩大的綠球，沉重地停在甜橙樹旁，守候着他。

秋天的太陽雪一般明亮，但並不強烈地照着安靜的田野。

田埂上，走着四個孩子：六穀、浮子、三瓢和紅扇。今天不上學，他們打算今天一整天就在田野上晃悠：或抓魚，或逮已由綠色變成棕色的**螞蚱**②，或到稻地裏逮最後一批欲飛又不能飛的小秧雞，或乾脆就攤開雙臂、叉開雙腿，在田埂上躺下曬太陽——再

---

① 打豬草：割取、收集用來餵豬的草。
② 螞蚱：又叫蚱蜢、草蜢。

過些日子，太陽就會慢慢地遠去了。

他們先是看到彎橋的那隻裝滿草的大網兜，緊接着就看到了躺在甜橙樹下的彎橋。四個人都有一種説不出的興奮，沿着田埂，向甜橙樹一路跑來。快到甜橙樹時，就一個一個地變成了貓，向彎橋輕輕地靠攏，已經變黃的草在他們的腳下慢慢地倒伏着。走在前頭的，有時停住，扭頭與後面的對一對眼神，動作就變得更輕了。那番機警的動作，不免有點誇張。其實，這時候即使有人將彎橋抱起來扔進大河裏，他也未必能醒來。

他們來到了甜橙樹下，低頭彎腰，輕輕地繞着彎橋轉了幾圈，之後，就輕輕地坐了下來，或望望睡得正香的彎橋，或互相擠眉弄眼，然後各自挪了挪屁股，以便向彎橋靠得更近一些。他們臉上有一種壓抑不住的快樂，彷彿無聊乏味的一天，終於因彎橋的出現，忽然有了一個讓人喜悦的大轉折。

此時，彎橋只在他的無邊無際的睡夢裏。

陽光透過卵形的甜橙樹的葉子，篩到了彎橋的身上、臉上。有輕風掠過枝頭，樹葉搖晃，光點、葉影便紛亂錯動，使四個孩子眼中的彎橋，顯得有點虛幻。

彎橋笑了一下，並隨着笑，順嘴角流下粗粗一串口水。

女孩紅扇撲哧一聲笑了——笑了一半，立即縮了脖子，用手緊緊捂住了嘴巴。

光點、葉影依然在彎橋身上、臉上晃動着，像陽光從波動的水面映到河岸的柳樹上一般。

幾個孩子似乎想要幹點什麼，但都先按捺住自己心裏的一份衝動，只安然坐着，饒有興趣地觀望着沉睡中的彎橋⋯⋯

彎橋是油麻地村西頭的光棍劉四在四十五歲撿到的。那天早上，劉四背隻魚簍到村外去捉魚，過一座彎橋時，在橋頭上看到了一個布卷卷，那布卷卷的一角，在晨風裏扇動着，像隻大耳朵。他以為這只是一個過路的人丟失在這裏的，看了一眼就想走過去，不想那布卷卷竟然自己滾動了一下。橋頭是個斜坡，這布卷卷就因那小小的一個滾動，竟止不住地一直滾動起來，並越滾越快。眼見着就要滾到一片水田裏去了。劉四撒腿跑過去，搶在了布卷卷的前頭，算好了它的來路，雙腳撒開一個「八」字，將它穩穩擋住了。他用腳尖輕輕踢了踢布卷卷，覺得有點分量，就蹲下來，用又粗又短的手指，很笨拙地掀起布卷卷的一角，隨即哎喲一聲驚呼，一屁股跌坐在地上。等他緩過神來時，只見布卷卷裏有一張紅撲撲的嬰兒的臉，那嬰兒似乎很睏，微微睜了一眼，魚一般吧唧了幾下小嘴，就又睡去了。

人愈來愈多地走過來。

劉四將布卷卷抱在懷裏，四下張望，一副手足無措的樣子。

人羣裏一片嘰喳：「大姑娘生的。」「是個小子。」「體面得很。」「大姑娘偷人生的都體面。」……

油麻地一位最老的老人拄着拐杖，對劉四大聲説：「還愣着幹什麼？抱回去吧！你命好，討不着老婆，卻能白得一個兒子。命！」

跟着劉四，彎橋在油麻地一天一天地長大了。先是像一條小狗搖搖晃晃地、很吃力地跟着劉四；接下來，就能與劉四並排走了；再接下來，就常常拋下劉四跑到前頭去了。但到八歲那年春天，彎橋卻得了一場大病。那天，他一天都覺得頭沉得像頂了一扇磨盤，晚上放學回家時，兩眼一黑栽倒了，滾落到一口枯塘裏。劉四窮，家裏沒有錢，等東借西借湊了一筆錢，再送到醫院時，彎橋已叫不醒了。醫生説他得的是腦膜炎。搶救了三天，彎橋才睜開眼。等他病好，再走在油麻地時，人們發現，這孩子有點傻了。他老莫名其妙地笑，在路上，在課堂上，甚至是在挺着肚皮撒尿時，都會沒理由地説笑就笑起來。有些時候，還會自言自語地説一些讓油麻地所有的人都聽不懂的話。

油麻地的孩子們，都希望能見到彎橋，因為這是一個可能獲取快樂的機會。有時，他們還會覺得彎橋有點可憐，因為養他的劉四實在太窮了。油麻地最破的房子，就是劉四的房子。説是房子，其實很難算是房子。油麻地的人根本不説劉四的房子是房子，而説是「小草棚子」。別

人家的孩子，只要上學，好賴都有一個書包，彎橋卻用不起書包——哪怕是最廉價的。劉四就用木板給彎橋做了一個小木箱。當彎橋背着小木箱，屁顛屁顛地上學時，就總會有一兩個孩子順手從地上撿根小木棍，跟在彎橋後頭，劈里啪啦地敲那小木箱。敲快活了，還會大聲吆喝：「賣棒冰①嘍——」彎橋不惱，抹抹腦門兒上的汗，害羞地笑笑。學校組織孩子們進縣城去玩，路過電影院，一見是打仗片，三瓢第一個掏錢買了張票，緊接下來，一個看一個，都買了票，一晃工夫，四五十個人就都呼啦啦進了電影院，只剩下彎橋獨自一人在電影院門口站着。劉四無法給他零用錢。等電影院的大門關上後，彎橋就在電影院門口的台階上坐下，用雙手抱着雙腿，然後將下巴穩穩地放在雙膝上，耐心地等電影散場，等三瓢他們出來。一街的行人，一街的自行車車鈴聲。彎橋用有點萎靡的目光，呆呆地看着街邊的梧桐樹。他什麼也不想，只偶爾想到他家的豬。豬幾乎就是彎橋一人飼養的。劉四每捉一隻小豬回來，就立即盤算得一清二楚：等豬肥了賣了錢，多少用於家用，多少用於給彎橋交學費、添置新衣。從彎橋能夠打豬草的那一天起，他就知道，他要和劉四好好地養豬，把豬養得肥肥的。他從未餓過豬一頓。他總要打最好最好的豬草——是那種手一掐就冒白漿漿的豬草。電影終於散場

---

① 棒冰：又叫冰棒兒、冰棍兒。

了，**三瓢們**① 一個個看得臉上紅彤彤的，出了電影院的大門都好一會兒工夫了，目光裏還帶着幾絲驚嚇和痛快。彎橋被他們感染了，抓住三瓢的或六穀的或浮子的或其他人的胳膊，向他們打聽那部電影演的是什麼。起初，三瓢們都還沉浸在電影裏沒出來，不理會他。待到願意理會了，有的就如實地向他描述他們所看到的，有的就向他故意胡編亂造。彎橋是分不出真假的，就都聽着。聽着聽着就在心裏犯嘀咕：怎麼三瓢説那個人被槍打碎了腦袋，六穀卻說那個人最後當了營長呢？一路上，他心里弄不明白。不明白歸不明白，但也很高興。

太陽光變得越來越明亮。

彎橋翻了個身，原先貼在地上的臉頰翻到了上面。三瓢們看到，彎橋的臉頰被壓得紅紅的，上面有草和土粒的印痕。

紅扇用手指了指彎橋的嘴，大家就都伸過頭來看，彎橋又笑了，並且又從嘴角流出粗粗一串口水。

田埂上偶爾走過一個扛着工具回家的人。

三瓢覺得腿有點坐麻了，站了起來，跑到甜橙樹的背後，一拉褲帶，褲子嘩啦落到腳面上，然後開始往甜橙樹下的黑土裏撒尿。尿聲提醒了六穀與浮子，先是六穀過來，再接着是浮子過來，與三瓢站成一個半圓，試着與三

---

① **三瓢們**：指三瓢和其他孩子。

瓢尿到一個點上。

三瓢他們是五年級，紅扇才二年級，但紅扇知道害臊了，嘴咕噥着，將臉扭到一邊，並低下頭去。但她卻無法阻擋由三個男孩一起組成的聯合撒尿聲。隨着尿的增多，地上積了水，尿聲就洪大起來，噗噗噗，很粗濁地響。

當三瓢、六穀、浮子繫上褲子，低頭看了一眼由他們尿成的小小爛泥塘時，他們同時互相感應到了對方心裏生起的一個惡惡的念頭。先是三瓢從地上撿起一根小木棍，蹲下來攪拌起爛泥塘。土黑油油的，一種黑透了的黑，三瓢一攪拌，汪着的尿頓時就變得像黑墨水。

六穀低聲說：「能寫大字。」

浮子從近處摘了一張大大的青麻葉，用手托着，蹲在了三瓢的身旁。

三瓢扔掉了木棍，撿起一塊窄窄的木板條，將黑黑的泥漿一下一下挑到了浮子手中的青麻葉上。

那邊，心領神會的六穀拔了四五根毛茸茸的狗尾巴草過來了。

三瓢、六穀、浮子看了看動靜，在彎橋身邊蹲下。

紅扇起初不明白三瓢他們到底要對彎橋做什麼，但當她看見三瓢像用一枝毛筆蘸墨水一樣用一根狗尾巴草蘸黑泥漿時，就一下子明白了他們的心機。她沒有立即過來，而是遠遠地坐着。她不知道自己是否應當參加他們的遊戲。

彎橋翻了一個身，仰面朝天。他的鼻翼隨着重重的呼吸，在有節奏地翕動^①。

陽光照着一樹飽滿的、黃亮亮的像塗了一層油的甜橙。它們又有點像金屬製成的，隨着風的搖動，在陽光下，一忽一忽地打亮閃。一些綠得發黑的葉子飄落下來，其中有三兩片落在了彎橋蓬亂的頭髮裏。

彎橋的臉上像淡淡的雲彩一般，又閃過一絲似有似無的笑意。

浮子望着三瓢，用大拇指在上唇兩側正着刮了一下，又反着刮了一下。

八字鬍。明白。三瓢用左手捋了捋右手的袖子，輕輕地，輕輕地，在彎橋的上嘴唇上先來了左一撇。

六穀早用手中的狗尾巴草飽飽地蘸了黑泥漿，輕輕地，輕輕地，在彎橋的上嘴唇上又來了右一撇。

很地道、很傳神的兩撇八字鬍，一下子將彎橋的形象改變了，變得讓三瓢他們幾乎認不出他是彎橋了。

浮子將三瓢和六穀擠開，一手托着一青麻葉的黑泥漿，一手像畫家拿了枝畫筆似的拿着蘸了泥漿的狗尾巴草，覺得彎橋眉毛有點淡，就很仔細地將彎橋的兩道眉毛描得濃黑濃黑的。

---

① 翕動：一張一合地動着。

彎橋一下子變得很神氣，很英俊，像條走路走累了的好漢，困倒在了甜橙樹下。

紅扇在三瓢、六穀和浮子一邊耳語一邊搵住嘴笑時，輕輕走過來，見了彎橋的一張臉，撲哧笑了。

彎橋臉上的表情似乎受了驚動，凝住了片刻，但，又很快回到原先那沉睡的狀態裏。

三瓢他們幾個暫且坐在了地上，看看被圍觀的彎橋，又互相望着，偷偷地樂。

太陽移到甜橙樹的樹頂上，陽光直射下來，一樹的橙子越發的亮，彷彿點着了似的。

紅扇說：「該回家了。」

但三瓢、浮子、六穀都覺得不盡興。眼前舒舒服服地躺着睡大覺的彎橋，似乎並未使他們產生足夠的快樂。這憑什麼呢？彎橋憑什麼不讓他們大大地快活一頓呢？

三瓢扔掉了手中的狗尾巴草，直接用手指蘸了蘸青麻葉上的黑泥漿，在彎橋的臉蛋上塗抹起來。他想起七歲前過年時，他的媽媽在他的臉上慢慢地塗胭脂。一圈一圈，一圈一圈，一個圓便從一分硬幣大，到五分硬幣大，直到膏藥那麼大。

彎橋一下顯得滑稽了。

紅扇看得兩腮紅紅的，眉毛彎彎的，眼睛亮亮的。

三瓢輕聲問：「紅扇，你想塗嗎？」

紅扇搖搖頭：「臊。」

浮子說：「用狗尾巴草。」

紅扇說：「那也臊。」

六穀說：「還有半邊臉，你不塗，我可塗了。」

三瓢覺得紅扇不塗，有點吃虧。他要主持公道，將一根狗尾巴草遞給紅扇：「塗吧。」

紅扇蹲了下來。

浮子立即用雙手托著青麻葉。

紅扇真的聞到了一股尿臊味，鼻子上皺起細細的皺紋，本來長長的鼻子一下子變短了。浮子趕緊將青麻葉從紅扇的面前挪開了一些。

紅扇跪了下來，用白嫩的小胖手拿著狗尾巴草，蘸著黑泥漿，在彎橋的另一半臉蛋上塗起來。她塗得很認真，一時忘了是在塗彎橋的臉，而覺得是在上一堂美術課，在塗一幅老師教的畫。紅扇是班上學習最認真也最細心的女孩。紅扇幹什麼事都認真細心。她一筆一筆地塗，塗到最後，自己的臉幾乎就要碰到彎橋的臉了。那時，她也聞不出黑泥漿散發出的尿臊味了。她一邊塗，一邊還與另一半臉蛋上的「膏藥」比大小。既然這一半臉蛋上的「膏藥」是她塗的，那她就得一絲不苟地塗好，要塗得與那一半臉蛋上的「膏藥」一般大小才是。

紅扇塗得三瓢、浮子和六穀都很著急。

終於塗好了。紅扇扔掉了黑頭黑腦的狗尾巴草，長出一口氣。三瓢他們也跟着她長出一口氣。

他們都站了起來，然後繞着彎橋轉圈兒。

紅扇先笑起來，隨即三瓢他們也一個接一個地笑了起來，越笑聲越大，越笑越瘋，越笑越放肆，直笑得東倒西歪。後來，浮子笑癱在了地上，紅扇笑得站不住，雙手抱住了甜橙樹。

彎橋在笑聲中醒來了。

笑聲漸漸變小，直到完全停止。

三瓢他們四個，有坐在地上的，有彎着腰的，有仰着脖子朝天的，有抱着甜橙樹的，在彎橋慢慢支撐起身子時，他們的笑聲停止了，但姿態卻一時凝固在了那裏。

彎橋適應了光線，依然支撐着身體，驚奇地説：「三瓢、浮子、六穀、紅扇，你們四個人都在這兒！」他閉了一陣雙眼，又將它們慢慢睜開，但半瞇着，「你們知道嗎？我剛才做了一串夢，把你們一個一個地都夢到了。」

三瓢、浮子、六穀、紅扇有些驚訝與好奇，一個個圍着彎橋坐在地上。

彎橋往甜橙樹的樹根挪了挪，輕輕地靠在甜橙樹的樹幹上。

「先夢見的是紅扇。那天很熱，熱死人了。我跟紅扇躲到一個果園裏摘樹上的梨子吃。好大好大的一個果園，

我從沒有見過那麼大的一個果園。紅扇吃一個，我吃一個，我們不知吃了多少梨。不知怎麼的，楊老師就突然地站在了那兒。直直的，那麼高，就站我眼前。他不說話，一句也不說。他好像不會說話。我和紅扇就跟着他走，可我就是走不動。紅扇走幾步，就停下來等我。走着走着，就看到了一棵甜橙樹，樹蔭有一塊田那麼大。『在毒太陽下面站着！』楊老師說完了，人就變成一張紙，一飄一飄的就沒了。我和紅扇不怕，有那麼大一塊樹蔭呢！我朝紅扇笑，紅扇朝我笑。我們摘樹上的橙子吃，一人一個大甜橙。吃着吃着，樹蔭變小了，越變越小，我們就擠在一塊兒。樹蔭就那麼一點點大，下面只能站一個人，另一個人得站在太陽下。一個大毒太陽，有洗澡的木盆大。橙子樹曬捲了葉，橙子像下雨一樣往下落。你說奇怪吧，葉子全掉光了，那一片樹蔭卻還在。可還是只能遮一個人。我和紅扇要從甜橙樹下逃走，一張紙飛來了，就在空中轉着圈兒，飄，飄，飄……我們知道那是楊老師。紅扇把我推到樹蔭下。我跳了出來，她又把我推到樹蔭下，她一定要把樹蔭讓給我。我不幹，她就哭，就跺腳。樹蔭像一把傘。我站在傘底下。傘外面是毒太陽，是個大火球。我要走出樹蔭，可是，紅扇抬頭一看，我就定住了，再也走不出樹蔭。樹蔭下陰涼陰涼的，好舒服。紅扇就站在太陽下，毒太陽！漸漸地，她的頭髮曬焦了。我對她說：『把樹蔭

甜橙樹──

47

給你吧。』她不回頭。我就又往樹蔭外面走，她一回頭，我又走不動了，兩隻腳像粘在了樹蔭下。一地曬捲了的樹葉，紅扇用舌頭舔焦乾的嘴唇，我看着就哭起來，一大滴眼淚掉在了地上，潮了。你們知道嗎？潮斑在長大、長大，不知怎麼的，就變成了樹蔭，越變越大，越變越大，一直又變到一塊田那麼大……」

遠處的田野上，有人在唱山歌，因為離得太遠，聲音傳到甜橙樹下時，已經沒頭沒尾了。

三瓢、浮子、六穀和紅扇都坐着不動。

「接下來，我就夢見了三瓢。」彎橋回想着，「是在荒地裏。天底下好像一個人也沒有了，就我們兩個人。我們走了好多天好多天，就是走不出荒地。那才叫荒地呢，看不到一條河，看不見一點綠，滿眼的枯樹、枯草。天上連一隻鳥也沒有，四周也沒有一點點聲音。我和三瓢手拉着手。我和他的手好像長在一塊兒，再也不能分開了。沒有風，可到處是塵土，捲在半空裏，像濃煙，把太陽都罩住了。我總是走不動，三瓢就使勁拉着我。真餓，我連土塊都想啃。想看見一條河，想看見一個村子，想看見一戶人家。我想掐一根青草在嘴裏嚼嚼，可就是找不到一根青草，心裏好生氣，朝枯草踢了一腳，嚇死人啦，那草被我一踢，你們猜怎麼着？燒着了！一會兒就變成了一大片火，緊緊地攆在我們屁股後頭。三瓢拉着我，拚命地跑。後來，

我實在跑不動了，就倒在了地上。三瓢解下褲帶，拴在我腳脖子上，拖着我往前走。地上的草油滑油滑的，我覺得自己是躺在雪地上，三瓢一拖，我就滑動起來，像在天上飛。也不知是什麼時候，三瓢大聲叫我：『彎橋，你看哪！』我從地上爬起來，往前看。你們知道我看見什麼啦？一棵甜橙樹！它長在大堤上。知道大堤有多高嗎？在雲彩裏。整個大堤上，什麼也沒有，就一棵甜橙樹。我們手拉着手爬上大堤。知道這棵甜橙的樹葉有多大嗎？巴掌大。我和三瓢沒有一絲力氣了，就坐在甜橙樹下。我們都仰臉朝上望，心裏想：上面要是掛着橙子，該多好……橙子！」彎橋仰着臉，用手指着甜橙樹的樹冠，眼睛裏閃爍着光芒，「橙子！就一顆橙子，一顆好大好大的橙子！三瓢也看到了，抱着樹幹爬起來。我爬不起來了，直挺挺地躺在地上。三瓢説：『你在下面等着。』他就朝甜橙樹上爬去。我記得他是個光身子，只穿了條褲子，鞋也沒有。他爬上去了。那顆橙子就在他眼前，紅紅的。他伸手去摘，怪吧？那顆橙子飛到另一根枝頭上去了。它會飛！你們見過夏天的鬼火嗎？它就像鬼火。它在甜橙樹上飛來飛去。我躺在地上乾着急：『在這兒，在這兒！』三瓢從這根樹枝爬到那根樹枝，上上下下追那顆橙子，可怎麼也追不着。三瓢靠在樹枝上直喘氣，汗落下來，滴答滴答掉在我臉上，砸得我臉皮麻。那顆橙子就在他眼前一動不動地掛着，亮閃閃的，

像盞燈。我瞧見三瓢把身子彎向前去，一雙眼睛好亮好亮，緊緊盯着橙子。我的嗓子啞了，説不出話來。我就使勁喊：『三瓢，你要幹什麼？』我還沒有把話喊完，他就朝那顆橙子撲了過去。撲通一聲，他連人帶橙子從空中跌在地上。他雙手抱着橙子，一動不動地躺在那兒。我就大聲叫他：『三瓢！三瓢……』他醒了，把橙子送到我手上。我推了回去。他又推了回來：『吃吧，就是為你摘的。』」

彎橋仰望着甜橙樹上的橙子，兩眼閃着薄薄的淚光。

剛才在遠處田野上唱山歌的人，好像正朝這邊走過來，因為他的歌聲正漸漸變大變清晰。

三瓢、浮子、六穀和紅扇都往彎橋跟前挪了挪。

「要説到你了，六穀。」彎橋將身子往下**出溜**① 一些，以便更舒坦地靠在甜橙樹的樹幹上，他將兩條腿伸開，交叉着，「你們夢見過自己生病嗎？我夢見自己生病了。一種特別奇怪的病。不發燒，哪兒也不疼，就是沒精神，不想吃飯，不想打豬草，不想上學，也不想玩。看了好多地方，都治不好。有一天，我路過六穀家的院子，聽到六穀家院子裏的甜橙樹上有鳥叫，不知怎的，就渾身發抖。抖着抖着就不抖了。我就聽鳥叫，聽着聽着，我就想吃飯，就想打豬草，就想上學，就想跟你們一起到地裏瘋玩。我的病，一下子就好了。我抬頭去看甜橙樹上的鳥：

---

① **出溜**：滑下、滑行。

牠站在鳥窩邊上，一個小小的鳥窩，鳥也小小的，白顏色，雪白，嘴巴和爪子都是紅色的，金紅，好乾淨，好像剛剛用清水洗過似的。牠歪着頭朝我看，我也歪着頭朝牠看。牠又叫開了。我從沒聽見過這麼好聽的鳥聲……」彎橋沉醉着，彷彿又聽到了鳥的叫聲，「從那以後，我就知道了，能治好我病的，就是那隻鳥，全油麻地的人都知道我得了一種很怪很怪的病。六穀就對他家樹上的鳥說：『去吧，飛到彎橋家去吧。』六穀很喜歡這隻鳥。牠一年四季就住在六穀家的甜橙樹上。鳥不飛，六穀就用竹竿趕牠：『去吧，去吧，飛到彎橋家去吧。』鳥在天上飛了幾圈，就又落下來了。牠離不開甜橙樹。他央求樹上的鳥：『去吧。彎橋躺在牀上呢，只有你能救他。』鳥就是不肯飛。六穀急了，就用石子砸牠。鳥任由六穀去砸，就是不飛……不知是哪一天，我坐在門前曬太陽，就聽見門口大路上，轟隆轟隆地響。我抬頭一看，路上全都是大人、小孩。你們知道我看見什麼了？甜橙樹，六穀家的甜橙樹！六穀手裏拿着他爸爸趕牛的鞭子，在趕那棵樹。他揚了揚鞭子，甜橙樹就搖搖晃晃地往前走。夢裏頭看不清它是怎麼走的，反正它正朝我們家走來。六穀有時把鞭子往空中一抽，就聽見啪的一聲響，**嘎嘣脆**[1]，像放鞭炮。甜橙樹越來越大，大人小孩就跟着，鬧鬧嚷嚷的，也不知他們在說

---

[1] **嘎嘣脆**：擬聲詞。

些什麼。我看到鳥了。牠守在窩上，甜橙樹晃晃悠悠的，牠也晃晃悠悠的。牠忽然在甜橙樹上飛起來，在樹枝間來回地飛。後來，牠落在最高的枝頭上，對着天叫起來。大人小孩都不説話，就聽牠叫。從此，甜橙樹就長在了我家的窗前，每天早上，太陽一出，那隻鳥就開始叫……」

彎橋覺得自己是在説傻話，顯得有點不好意思。

唱山歌的人離甜橙樹越來越近了。悠長的山歌，一句一句地送到了甜橙樹下。

三瓢、浮子、六穀和紅扇又往彎橋跟前挪了挪。

彎橋看了看那隻大網兜，有了想回去的心思，但看到三瓢他們並無一絲厭煩的意思，就又回到了説夢的念頭上：「最後夢到的是浮子。夢裏，我先見到了我媽媽。」彎橋立即變成一副幸福無比的樣子，「我媽媽長得很漂亮很漂亮，真的很漂亮。她梳一根長長的、長長的大辮子，牙齒特別特別白。她朝我笑，還朝我招手，讓我過去。我過不去，怎麼也過不去。我看到媽媽眼睛裏都是淚，亮晶晶的。我朝媽媽招手，媽媽卻不見了，但半空裏傳來了媽媽的聲音：『我在大河那邊……』媽媽的聲音，好聽極了，一直鑽到你心眼裏。前面是一條大河。世界上還有這麼大的大河！你們都沒有見過。一眼望不到邊，就是水，白汪汪的水。可沒有浪，連一絲水波也沒有。有隻鴿子想飛過去，想想自己可能飛不過去，又飛回來了。我

就坐在大河邊上，望大河那邊，望媽媽。沒有岸，只覺得岸很遠很遠。媽媽肯定就在那邊。沒有船，船忽然全沒有了。浮子來了。他陪着我坐在大河邊上，一直坐到天黑。第二天，我又坐到大河邊上。浮子沒來陪我。第三天，他也沒有來。紅扇來了，説：『浮子這兩天一直坐在他家甜橙樹下。』我問紅扇：『他想幹什麼？』紅扇説：『他想鋸倒甜橙樹。』『鋸倒甜橙樹幹什麼？』『做船，為你做船。』我離開大河邊，就往浮子家跑。浮子家門前有棵甜橙樹，一棵這個世界上最大的甜橙樹。我跑着，眼前什麼也沒有，只有那棵甜橙樹。一樹的綠葉，一樹的橙子。我跑到了浮子家。甜橙樹，好好的，高高大大地站在那兒。浮子一見我，就朝我大聲喊：『別過來！別過來！』就聽見咔嚓一聲，甜橙樹倒下了，成千上萬隻橙子在地上亂滾，我只要一跑，就會踩着一隻橙子，滑跌在地上……一連好幾天，浮子就在他家門前鑿甜橙樹，他要把它鑿成一條船。他一邊鑿一邊掉眼淚。我知道，他最喜歡的東西，就是他家的甜橙樹。他卻朝我笑笑：『你要見到你媽媽了……』」

彎橋望着他的四個好同學、好朋友，淚光閃閃，目光一片迷濛。

三瓢、浮子、六穀、紅扇都低着頭。

唱山歌的人終於走過來了。是個白鬍子老漢。見到甜

橙樹下坐着五個孩子，越發唱得起勁。唱着唱着，又走遠了。

彎橋上身直直的，盤腿坐在橙子樹下，沾着泥巴的雙手，安靜地放在雙腿上。

三瓢、浮子、六穀和紅扇抬起頭來望彎橋時，不知為什麼，都想起了村後寺廟裏那尊默不作聲的菩薩。

紅扇哭起來。

彎橋以為自己說錯了什麼，有點慌慌張張地看着三瓢、浮子、六穀。

三瓢爬起來，蹲到了那個小小爛泥塘邊。當他一轉臉時，發現浮子、六穀也都蹲到了爛泥塘邊。他先是伸了一根指頭，蘸了點黑泥漿塗到臉上，隨即將一隻巴掌放到了黑泥漿上，拍了拍，又在臉上拍了拍……

浮子、六穀都學三瓢的樣子，將自己的臉全塗黑了，只留一雙眼睛眨巴眨巴的。

紅扇走過來，也蹲在爛泥塘邊。她看了看三張黑臉，伸出手指頭，蘸了黑泥漿，一點一點，很仔細地在自己臉上塗起來，樣子像往自己的小臉蛋上塗香噴噴的雪花膏。

三瓢他們不着急，很耐心地等她。

當四張黑臉一起出現在彎橋面前時，彎橋先是嚇得緊緊靠在甜橙樹上，緊接着大笑起來。

三瓢他們跳着，繞着彎橋轉圈兒。他們的臉雖然全塗

黑了，但，仍然看得出他們在笑。

「黑泥漿在哪兒？」彎橋問。

三瓢、浮子、六穀、紅扇不作聲，用手指了指甜橙樹後。

彎橋一挺身爬起來，找到爛泥塘後，用兩隻巴掌在黑泥漿上拍了拍，然後像泥牆一般在臉上胡亂地塗抹起來。

三瓢他們讓出一個空位置來給彎橋。

五個孩子，一樣的黑臉，像五個小鬼一般，在甜橙樹下轉着圈兒，又跳又唱……

薔薇谷

她平靜地走向懸崖……

末春，薔薇花開了，紅的、白的、黃的、深紫的、粉紅的，花光燦爛，映照着峽谷。剛經一場春雨，花瓣上還沾着亮晶晶的水珠，濕潤的香氣，從峽谷裏裊裊升起，在空氣裏流動着。

太陽漸漸西沉，在幽暗的遠山背後，它向天空噴射出無數光束，猶如黃金號角在天邊齊鳴。後來，它終於沉沒了，橘紅的流霞染紅了整個薔薇谷。幾隻投林的倦鳥在霞光裏扇動着翅膀，像剪紙似的。近處的山頂上，幾隻覓食的狐狸，也正在返回溝壑間的巢穴。

霞光漸淡，天地間漸轉成灰白色。寂寞的山風，已輕輕地吹來。

她垂下眼簾，只聽見風聲在耳邊流過……

一個老人沉重的咳嗽聲阻止了她的行動。她回過頭來，見老人在暮色裏站着。她看不清他的臉，但能感覺到他的目光——一對真正的老人的目光。

「要跳，到別處跳去，別弄髒了我的這

片薔薇！」老人只説了一句。

她哭了，哭得很文靜，含着溫柔的憂鬱。她用令人愛憐的目光一直望着老人。她感覺到老人在用目光呼喚她：「跟着我。」

老人轉身走了，她跟着。他們之間被一根無形的線一拉一扯地牽着，走向峽谷。

幽靜的小徑穿過薔薇叢，一間茅屋出現在月下。老人不回頭，推門進去，不一會兒，油燈亮了，老人的身影變得像一張十分巨大的船帆，投在牆壁上。

她走進陰暗而溫暖的小屋，坐在凳子上。她雙手合抱，安靜地放在胸前。她的眼睛一直跟隨着老人。她的神態很像是一隻翅膀還很嬌嫩的雛鴿，迷途了，被收留牠的主人用柔和的燈光照着。

老人在她面前的小桌上擺上吃的，就去裏屋**支鋪**[①]。支好了，老人抱來被子，又把身上披着的棉衣脫下加在被子上，對她説：「夜裏，有風從山谷那頭來，涼。」

他走出茅屋，坐到一塊岩石上，煙鍋一紅一紅地亮，彷彿夜在喘息。

深夜，她聽見了山風從靜靜的薔薇谷流過的聲音。風聲裏，舒緩地響起老人的歌聲。那歌沒有唱詞，只是一種

[①] **支鋪**：支，支撐，把物件架起來。鋪，牀鋪。指整理牀鋪。

調子，在寂寥的山谷裏，像湖上的水波，往漫無盡頭的遠方慢慢地蕩開去……

二

她給老人披上衣服，在他身邊坐下。

夜，一切寧息着。金黃色的淡月，照着薔薇谷，照着影影綽綽的遠山。煙樹裏，幾隻山鳥含糊不清的啼聲，襯出一番空虛、一番惆悵。

「你從哪兒來？」

「那邊的城。」

「出來幾天啦？」

「從昨天晚上走到今天晚上。」

「為什麼想從那兒跳下去呢？」

「……」

「我也曾想在那裏跳下去過，那是二十一年前。」

「你嗎？」

「我。」

「為什麼？」

「不為什麼。後來，我看見這個薔薇谷，看見那片花，我在岩石上坐到天亮，在這裏留下了。」

她托着下巴，望着純淨的天空。

老人又唱起來，一個音符與另一個音符之間的距離拉

得很長，好似一輛沉重的馬車從這個驛站到另一個驛站，充滿着艱難……

她把一切都告訴了老人──

她很愛她的爸爸。

爸爸曾擔任過一家樂團的首席指揮。那時，她還小，常和媽媽去參加由爸爸指揮的音樂會。爸爸穿一身黑色的禮服，頭髮閃閃發亮。爸爸的體態和動作十分動人。鋼琴、提琴、黑管、長笛……一切樂器隨着他的暗示、召喚和交流，奏出各種奇妙無比的聲音。樂聲在大廳裏盤旋翻舞着，忽高忽低，忽快忽慢。一會兒，聲音像一隻黑色的燕子在靜寂的空中優美地滑動；一會兒，聲音像鍍了金子一般，一片光明燦爛，滿世界金澤閃閃；一會兒，聲音暗下去，像夜空下的遠處有一眼清泉一滴一滴地跌落在松間的黑潭裏；一會兒，聲音又像星空下的荒野上有萬馬奔騰。音樂魔力無邊。有時，她覺得渾身熱烘烘的，嚷嚷着要媽媽給她脱去毛衣；有時，又覺得涼陰陰的，彷彿走在涼氣逼人的濃蔭下，禁不住要往媽媽懷裏鑽。神奇的音樂竟然喚起她各種各樣的聯想：毛茸茸的酸杏子，藍晶晶的**冰凌**①，嬌嫩的六角形雪花，山坡上有座紅色的小房子，六樓陽台上飄下了一條蔚藍色的紗巾……

---

① 冰凌：塊狀或錐狀的冰。

謝幕了，爸爸抬起頭來，張開雙臂。

她喜歡去聽爸爸指揮的音樂會。

可是，在她十歲那年，爸爸卻被指認為「犯了錯誤」，一夜之間被解職了。

爸爸待在家裏一年，閉門不出，眼見着家中生活再也無法維持了，靠朋友的關係，做了一家毛筆廠的推銷員。爸爸背着兩大包毛筆，一出去就幾十天。他走到很遠很遠的地方，把毛筆賣給那些小商店。而大多時候，他是直接跑到小學校裏，把毛筆兜售給那些正在上大字課的孩子們。他把毛筆攤在一塊布上，蹲在學校門口，耐心地等待生意。她跟爸爸出去過一次，爸爸實在是太辛苦了。坐車坐船，有時還要十幾里十幾里地步行。餓了，跟人家要碗水喝，吃點乾糧。走到哪裏算哪裏，天黑了，就跟人家借宿，或是在灶房裏，或者是磨坊裏。爸爸到處跟人家說好話。一天夜裏，因為沒有借到宿，他們露宿在人家屋簷下。月光清淡地照着，天很涼，他們都睡不着。爸爸問她：「想媽媽嗎？」她問爸爸：「你呢？」爸爸把她的頭攏到懷裏，一遍又一遍地撫摩着她的頭髮。她知道，這個世界上如果沒有媽媽，爸爸也許就不想活了。爸爸說：「我們把這次掙的錢，給你媽買件好看的毛衣，好嗎？」她點點頭。

一年又一年，爸爸出去，回來；回來，出去……

爸爸又背着兩個沉重的大包出去了。一天晚上，她到同學家**溫課**①，夜裏回來時，她感到有點冷，想和媽媽睡一牀。推開媽媽的房門，拉亮燈，眼前的情景立即使她揞上了雙眼：牀上，媽媽正睡在一個陌生的男人懷裏！

她跑出家門，在空洞的夜街上發瘋似的跑，最後跑到城外的小河邊，抱着一棵梧桐樹跌坐在地上。坐到天亮，又坐到天黑。

爸爸回來了。

她望着爸爸，爸爸老了：那頭黑亮的頭髮變得枯澀，並且摻雜着白髮；背也駝了，由於長期在一側肩上背包，肩傾斜着，那樣子總像一條側身沉在水中的帆船；一雙靈活的富有魔力的手，變得粗糙、僵硬，沒有一絲靈氣，並且有一道道被野風吹出的皺紋和裂口；那雙充滿情感的像黑夜間兩星燭光的眼睛，變得灰濛濛的，像長了**翳**②。

她讓自己笑起來，並**撒歡**③：「爸爸！」

爸爸坐在沙發上，目光顯得有點呆滯。

「我和媽媽真想你。」她說了很多媽媽想念爸爸的話。

爸爸變得有點不對勁了：天很黑了，才搖搖晃晃地從外面回來，渾身散發着刺鼻的酒氣。

---

① **溫課**：複習功課。

② **翳**：長在眼角膜上的白斑，使人看不清東西。

③ **撒歡**：因歡樂而表現出興奮的動作。

這天，她放學回家，家裏靜悄悄的。待她適應了屋中的昏暗，她雙腿哆嗦起來：爸爸坐在沙發上，手裏抓着一枝雙管獵槍！她用牙咬齧[1]着手指，緊縮着身體。她覺得自己的心忽然變成了一團冰，一股徹骨的寒冷漫上全身。當她把咬破的手指拿出時，牙齒咯咯咯地敲響着。

「爸爸，你想打死媽媽嗎？」

爸爸木然地坐着，臉一成不變地凝固着。

「爸爸！」她突然跪倒在爸爸的腳下，哭着，用雙手抱住爸爸的腿，使勁地搖着。

爸爸像一個木偶一樣晃動着。

她抬起頭，仰望着他的眼睛：「爸爸，你把我也打死吧！」

爸爸的獵槍掉在了地上⋯⋯

第二天凌晨，當她坐在牀上靜靜地等着一夜未歸的爸爸時，遠處的大河邊上，傳來一聲沉悶的槍響。她趕到時，只見爸爸的腦袋流着血，倚在一棵老樹上，像是很疲倦了，現在安靜地睡着了⋯⋯

老人把衣服輕輕地披在她的肩上。

蟬翼般的輕霧，在薔薇谷裏似有似無地流動。月亮歇憩在西方峽谷的枝丫上，像一隻胸脯豐滿的金鳳凰在那裏建了巢。霧漸漸地濃了，「鳳凰」漸漸消逝了⋯⋯

---

[1] 齧：用牙咬或啃。粵音熱。

黎明像一隻羽毛潔亮的玉鳥從東方的天邊朝薔薇谷飛來。

三

她到山下五里路外的小鎮上接着讀初中。

每天晚上放學歸來，她老遠就能看見老人靜靜地坐在峽谷口等她。巨大的落日就在老人的背後，老人像靠在一個圓形的富麗堂皇的金色椅背上。每每見到這個形象，她總感到一陣溫暖和一股讓她鼻頭發酸的柔情。她向老人搖搖手，朝他跑來。

他們沿着山徑，走向薔薇叢中的茅屋。

夏日到了。晚飯後，她就爬到吊牀上涼快去，讓被路途和學習搞得發酸的身體軟軟地躺着。吊牀是老人用葛藤做的，吊在兩棵大樹中間。吊牀上綴滿五顏六色的鮮花，那是她採來的。睡在吊牀上，望着大山之上的夜空，她的心感到從未有過的恬靜。山風吹着空山，遠處隱約有清泉叮咚作響的妙音。薔薇開得很盛，香得醉人。浴在銀綢般的月光裏，她渾身舒展，覺得自己非常柔軟、輕飄，把細長的胳膊垂在吊牀邊。

只有當老人又哼唱起來，她才側着身，任無名的沉重漫上心頭。

老人總是那副固定的面容：清冷、淡漠，睫毛有點倒

伏的眼睛裏透出一股堅忍，甚至是冷酷；偶爾唰地一亮，就在這如同電光石火稍縱即逝的目光裏，顯出了一種難言的焦灼和痛苦的渴求。

老人的額上有一塊紫黑色的疤，使得臉上的表情還略帶兇狠的意味。

有一天，她被老人的歌聲唱得淚汪汪的：「您怎麼了，爺爺，老這樣唱？」

老人忽然意識到自己的歌給她帶來了什麼，感到十分抱歉和難過。

「那天，您說您也要從那裏跳下去？」她久久地望着老人的眼睛。好奇、關切和不願再讓疑慮繼續下去的心情，使她想立即知道這是為什麼。

老人把頭垂下又抬起：「我有十個年頭，是在監獄裏度過的……」他沒有看她，問，「你害怕了？」

「不，我不怕，爺爺。」

「你要問我這是因為什麼，對吧？這無所謂，投毒、放火、做強盜，反正都一樣，都叫犯罪。我得一輩子在心裏為一個亡靈祝福。他曾和我同一個牢房。我敢斷定他沒有犯罪。他很年輕，很漂亮，是一個清白的人，甚至是一個偉人。我發現，他懷裏一直藏着一朵薔薇花。我猜想，那花是一位姑娘給他的吧？一直到最後，我也沒有能夠搞清楚。他終於被槍決了。臨走前，他對我說：『早點出去

吧，出去做一個好人！』二十年的監獄，我十年就坐完了。想到自己馬上就要回到妻子兒女身邊，我激動得站立不起來，用手扶着監獄的大牆，走向大門，心裏在想：他們在等我呢，他們在等我呢⋯⋯我走出了大門，大門外一片空空蕩蕩，只有風吹着，監獄外的風就是大⋯⋯後來，我像你一樣，走呀，走呀，走到了那個懸崖上⋯⋯夕陽照着峽谷，薔薇花開得很美，我突然想起了他⋯⋯我狠狠打了自己，就在岩石上坐下了⋯⋯」

「您一個人住在這裏，害怕嗎？」

「怕鬼？這個世界上沒有鬼。怕強盜？」老人搖搖頭，「那他們可看錯人了。可我真的害怕，害怕什麼呢？這峽谷太靜了⋯⋯」老人忽然被什麼沉重的東西壓迫着，呼吸急促起來，眼睛裏含着惶恐，過了好一陣，他才使自己平息下來，「有時，我憋不住了，對着大山拚命地喊叫，一直喊出淚來，喊到喉嚨發不出一絲聲音。除了種好坡上那片地，我就沿着山谷，拚命擴種薔薇，恨不能讓它長滿這個世界。」老人望着她，忽然變得像一個孤立無援、軟弱無力的孩子，甚至忘記了自己這個年歲的人應有的持重，問，「你⋯⋯很快就會走嗎？」

她搖搖頭，又搖搖頭。

一老一小，兩個寂寞的靈魂，面對着寂寞的大山。

四

太陽彷彿突然墜落下來。而在離地面很近的空中便又剎住了，無聲無息地燃燒，露出一股要把地面上的最後一滴水珠也烤乾似的狠勁。天鐵青着臉，三十天裏沒飄過一絲雲。乾旱瘋狂地籠罩着大山。方圓幾十里，很難找到一瓢水。遠處，那口清泉也已乾涸，不再有流水的音響。空氣乾燥得似乎能摩擦出藍色的火花。

她有點恐懼了，常用焦灼的眼睛瞧着頭髮蓬亂的老人。

「別怕，這些薔薇還沒有死呢！」

薔薇依然頑強地在峽谷裏生長着，葉子竟然綠油油的，一些很細的枝條，向空中堅挺，一簇簇五顏六色的花，硬是從容不迫地開放着。

於是，她真的不怕了。

隔幾天，老人就從十幾里外的河裏挑回一擔水。對於這些水，老人自己用得十分吝嗇。渴得實在熬不住了，他就從灌木叢裏採幾個酸果放在嘴裏咀嚼着。但，每天早晨，他起來的第一件事就是極其慷慨地盛半盆清水放在門口的石桌上——給她準備的洗臉水。

望着清涼的水，再望望老人乾裂的嘴唇，她固執地不肯洗。

老人卻毫不動搖地堅持：「洗完臉才能去學校！」

那張細膩的、白皙得沒有一絲雜色的臉，每天早晨如果不能保證清洗，對老人來説，心裏是通不過的。只有當她額頭上的頭髮掛着水珠，面孔因清水的滋潤而變得活泛^①、純淨，散發出潮濕的氣息時，他才會感到可心^②。

為這事，有一天老人發火了，差點沒把盆子裏的水潑進薔薇叢中。他嘴裏不斷地嘟囔着：「姑娘家不洗臉，姑娘家竟不洗臉……」

她一邊洗，一邊把眼淚滴在水盆裏。

又過了些天，她放學回到薔薇谷，老人顯得很富有，並且誇大其詞地説：「這些天，攢了很多水，今天，我又挑回滿滿一大擔，你洗個澡吧。」老人蹣跚着，向峽谷口走去。

她沒有違背老人的意願，脱去衣服，赤着身體，用瓢把涼絲絲的水從頭頂上傾倒下來。水像柔潤的白綢擦拭着她的身體，十分愜意。夜晚的大山，顯出一派靜穆。浴在月光裏，她顯得幾乎通體透明。她低頭看看自己，覺得自己長大了，長得很好看，心裏感到莫名的害臊和幸福。一瓢，一瓢，她盡情地揮霍着老人給她準備好的清水。她覺得自己的心都是濕潤的。她忽然覺得想唱一支歌，就唱了。聲音彷彿也被清水洗濯過了，純淨如銀，在峽谷裏響起來。

---

① 活泛：敏捷靈活。

② 可心：合心意。

這個已在世界上不知存在了多少年的峽谷，第一次接受着一種發自少女心靈深處的聲音的撫摩，四周變得格外安寧。

老人倚在岩石上睡着了……

五

這天，老人照例坐在峽谷口的岩石上等待她歸來——然而，今天直等到月上中天，她也沒有回來。

她走了。

乾旱不光搞得老人精疲力竭，而且給他的生活帶來巨大的壓力：莊稼幾乎顆粒無收，茅屋角落上土甕①裏的糧食已所剩無幾。她並不太清楚這些，照樣無憂無慮地吃着老人為她做好的飯菜。當她偶爾發現老人躲在岩石後面艱難地啃吃着一種苦澀的植物根莖時，她恨死了自己。

老人瘦得只剩一副骨架，顴骨突兀，面色發灰，下巴尖得有點可怕，她如果再在薔薇谷住下去，老人就會像一盞油燈很快被她將油耗乾的。

她回到了那個出走後就再也沒回去過的城市。她想回那個家，雖然她不願意見到媽媽。她來到了那個既熟悉又陌生的窗下。她不想立即進去，想透過窗子先看看牆上爸爸的相片。可是，她的目光覓遍了牆壁，也沒見到爸爸的

---

① 土甕：一種用陶土燒成的容器，口小腹大。

相片。她像掉到一個無限深的冰窟裏，渾身哆嗦起來，想哭，可欲哭無淚。

她失魂落魄，在街上茫然走着。路燈光裏，梧桐樹上，一片片殘葉正向地面墜落。夜漸深，大街上空空蕩蕩的，只有落葉被秋風所吹，在發黑的路面上毫無目的地滾動。她不知道累，也不知道不累，就這麼走，目光呆呆的。

路燈把一個人的巨大的身影一直鋪到她的腳下。她抬起頭來，看到老人雙手拄着一根竹竿，穩穩地站在她面前。

她瘋狂地跑過去。

「跟我回去，回薔薇谷！我們現在有很多錢，有很多錢！有個人把我們的薔薇花全都包了。他們要用它製薔薇露。薔薇露，你懂嗎？灑在衣服上，那香味經久不衰。聽說過古代有人接到親友寄來的詩，要先以薔薇露洗了手才開讀嗎？我們發財了，發財了！你要上大學，上大學……」

老人的眼睛像打磨了似的閃閃發亮。

六

五年以後——

老人躺在茅屋裏的小鋪上。人們驚奇於這個衰老的生命竟然那麼頑強，幾天滴水未進，卻還把眼睛睜得大大的，望着門外。他在等她——那個已經是大學生的姑娘。

她日夜兼程趕回薔薇谷，撲倒在老人的身旁。老人見

到了她，便把眼睛永遠地閉上了。

　　她採摘了無數筐薔薇花，鋪在一塊很大很平的石頭上，然後把已經變得很輕的老人抱到上面。深夜，她把老人的衣服脫去，用薔薇露一遍又一遍地擦洗了他的全身，然後給他換上新衣，就默默地守着他⋯⋯

　　以後，每年當薔薇花開的時候，她必到薔薇谷來小住幾日。她覺得，老人孤獨的靈魂一直活在這裏。她無處不感受到他的存在。他需要她陪伴着他。

甜橙樹——

紅葫蘆

（榮獲台灣《中國時報》「十大童書獎」及「好書大家讀」年度短篇小說類創作最佳獎）

妞妞只要走出家門，總能看見那個叫灣的男孩抱着一隻鮮亮的紅葫蘆泡在大河裏。只要一看到灣，她便會把頭扭到一邊去看爬上籬笆的黃瓜蔓，或扭到另一邊去看那棵小樹丫丫上的一隻圓溜溜的鳥巢，要不，就仰臉望大河上那一片飛着鴿子的湛藍湛藍的天空。但耳邊卻響着被灣用雙腳拍擊出的鬧人的水聲。臨了，她還是要用雙眼來看泡在大河裏的灣，只不過還是要把一副毫不在意的樣子明確地做出來。

妞妞對這個男孩幾乎一無所知，惟一的一點了解是：這男孩的父親是這方圓幾百里有名的大騙子。

大河又長又寬。她家和他家遙遙相望。河這邊，只有她們一家，而河那邊也只有他們一家。這無邊的世界裏，彷彿就只有這兩戶孤立的人家。

大河終日讓人覺察不出地流淌着，偶爾會有一隻遠方來的船經過，吱呀吱呀的搖櫓[①]

[①] 櫓：划水使船前進的器具。

聲，把一番寂寞分明地襯托出來後，便慢慢地消失在大河的盡頭了。

正是夏天，兩岸的蘆葦無聲地生發着，從一邊看另一邊，只見一線屋脊，其餘的都被遮住了。

每天太陽一升起，灣就用雙手分開蘆葦閃現在水邊。他先把那隻紅葫蘆扔進水裏。然後，往身上撩水。水有點涼，他誇張地打着寒噤，仰空大叫一聲。然後躍起，扎入水中，手腳一併用力，以最大的可能把水弄響。

碧水上，漂浮着的那隻紅葫蘆，宛如一輪初升的新鮮的小太陽。

這地方上的孩子下河游泳，總要抱一隻曬乾了的大葫蘆。作用跟城裏孩子用的救生圈一樣。生活在船上的小孩，也都在腰裏吊一隻葫蘆，怕的是落水沉沒了。大概是為了醒目，易於覺察和尋找，都把葫蘆漆成鮮豔的紅色。

紅葫蘆就在水面上漂，閃耀着擋不住的光芒。

灣用雙手去使勁拍打水，激起一團團水花。要不就迅捷地旋轉身子，用手在水上刮出一個個圓形的浪圈。那升騰到空中去的水，像薄薄的瀑布在陽光下閃着彩虹。

妞妞禁不住這些形象、聲音和色彩的誘惑。她只好去望水，望「瀑布」，望赤着身子的灣和紅葫蘆。

灣知道河那邊有一雙眼睛終於在看他。於是，他就拿出所有的本領來表現自己。

他赤條條地躺在水面上，一隻胳膊壓在後腦勺下，另一隻胳膊慵懶地耷拉在紅葫蘆的腰間，一動不動，彷彿在一張舒適的大牀上睡熟了。隨着河水的緩緩流動，他也跟着緩緩流動。

妞妞很驚奇。但不知道是驚奇於這河水的浮力，還是驚奇於灣浮水的本領。

風向的緣故，灣朝妞妞這邊漂過來了。岸上的妞妞俯視水面，第一回如此真切地看到了灣。她的一個突出印象便是：灣是一個不漂亮的、瘦得出奇的男孩。

灣似乎睡透徹了，伸了伸胳膊，一骨碌翻轉身，又趴在了水面上。他看了一眼妞妞。他覺得她已經開始注意他。他往前一撲，隨即將背一拱，一頭扎進水中，但卻把兩條細腿高高地豎在水面上。

妞妞覺得這一形象很可笑，於是就笑了──反正灣也看不見。

一隻蜻蜓飛過來，以為那兩條紋絲不動的腿為靜物，便起了歇腳的心，傾斜着身子，徐徐落下，用爪抱住了其中一隻腳趾頭。

灣感到癢癢，打一個翻身，鑽出水面，然後把腦袋來回一甩，甩出一片水珠，兩隻眼睛便在水上忽閃閃地發亮。

這一形象便深深地印在了妞妞的腦子裏。

他很快樂地不停地噴吐着水花。

妞妞便在河岸上坐下來。

他慢慢地沉下去，直到完全消失了。

妞妞在靜靜的水面上尋覓，但並不緊張，她知道，他馬上就會露出水面來的。

但他卻久久地未再露出水面來。

望着孤零零的紅葫蘆，妞妞突然害怕起來，站起身，用眼睛在水面上匆匆忙忙、慌慌張張地搜尋。

依然只有紅葫蘆。

大河死了一般。

妞妞大叫起來：「媽──媽──」

後面茅屋裏走出媽媽來：「妞妞！」

「媽──媽──」

「妞妞，你怎麼啦？」

「他……」

近處的一片荷葉下，鑽出一張微笑的臉。

妞妞立即用手捂住了自己還想大叫的嘴巴。

「妞妞，你怎麼啦？」媽媽過來了，「怎麼啦？」

妞妞搖搖頭，直往家走……

二

一連好幾天，灣沒有見到妞妞再到水邊來，不論他將水弄得多麼響，又叫喊得多麼尖厲。終於感到無望時，灣

便抱着紅葫蘆游向原先總喜歡去的河心小島。

很小很小一個小島。

在此之前，灣能一整天獨自待在小島上。誰也説不清楚他在那裏幹什麼。

妞妞沒有再到河邊來，但每天總會將身子藏在門後邊，探出臉來望大河。她將一切都看在眼裏。她知道，灣喜歡她能出現在河邊上。

又過了幾天，當灣不再抱任何希望，只是無聲地游向小島時，妞妞拿了一根竹竿走向了河邊。

妞妞穿一件小紅褂兒，把褲管挽到膝蓋上。

灣坐在河對岸，把紅葫蘆丟在身旁，望着妞妞。

妞妞一直走到水邊，用竹竿將菱角的葉子翻起，那紅豔豔的菱角便閃現出來。她用竹竿將菱角撥向自己，然後將紅菱採下。但大多數菱角都長在她的竹竿夠不到的地方。她盡量往前傾斜身子伸長胳膊，勉強採了幾隻，便再也採不到了。

灣把紅葫蘆拋進水中，然後輕輕游過來。

妞妞收回竹竿望着他。

他一直游過來，掐了一片大荷葉，將荷葉翻過來。然後專門尋找那些肥大的菱角，把一隻隻彎彎的兩頭尖尖的紅菱採下來放在荷葉裏。不一會兒工夫，那荷葉裏便有了一堆顏色鮮亮的紅菱。他又採了幾隻，然後用雙手捧着，

慢慢朝妞妞游過來。

他的身體完完全全地出了水面，站在了妞妞的面前。

他確實很瘦，胸脯上分明排列出一根根細彎的肋骨來。他不光瘦，而且還黑。黑瘦黑瘦。

他朝妞妞伸出雙臂。

妞妞沒有接紅菱。

他便把紅菱輕輕放在她腳下，然後又亮着單薄的脊背，走回到大河裏。

妞妞一直站着不動。

妞妞慢慢蹲下身去，用雙手捧起荷葉。

他眼裏便充滿感激。

「妞妞——」

妞妞沒有答應媽媽。

「妞妞——」媽媽向這邊找過來了。

妞妞猶豫不決地望着手中的紅菱。

「妞妞，你在哪兒呢？」

妞妞把紅菱放到原處，轉身去答應媽媽：「我在這兒！」

「妞妞，回家啦，跟媽媽到外婆家去。」

妞妞爬上岸，掉頭望了一眼灣，低頭走向媽媽。

回家的路上，妞妞問媽媽：「他爸真是大騙子嗎？」

「你說誰？」

妞妞指對岸。

「他爸已關在牢裏三年了。」

妞妞回頭瞥了一眼大河，只見灣抱着紅葫蘆朝小島游去……

三

妞妞還是天天到大河邊來。

灣盡可能地施展出大河和自己的魅力，以吸引住妞妞，並近乎討好地向妞妞做出種種殷勤的動作。

天已變得十分的炎熱了。每當中午，烏綠的蘆葦，就都會曬捲了葉子。躲在陰涼處的**紡紗娘**[①]，拖着悠長的帶金屬的聲音，把炎熱和乾燥的寂寞造得更濃。七月的長空，流動的是一天的火。

水的清涼，誘得妞妞也直想到水中去。

「你怎麼總在水裏呢？」妞妞問灣。

「水裏涼快。」

「真涼快嗎？」

「不信，你下水來看。」

妞妞爬上岸，見媽媽往遠處地裏去了，便又回到水邊：

[①] **紡紗娘**：一種昆蟲，又叫紡織娘、蟈蟈，身體是綠色或褐色，善於跳躍。雄性紡紗娘的前肢摩擦時會發出「軋織軋織」的聲音，就像紡紗機紡紗時發出的聲音，因而得名。

「水深嗎？」

「中間深，這兒全是淺灘。」灣從水中站起來，亮出肚皮向妞妞證實這一點。

蘆葦叢裏鑽出幾隻毛茸茸的小鴨。牠們是那樣輕盈地浮在水上。牠們用扁嘴不時地喝水，又不時地把水撩到脖子上，亮晶晶的水珠在柔軟的茸毛上極生動地滾着。一隻綠如翡翠的青蛙受了風的驚動，從荷葉上跳入水中，隨着一聲水的清音，荷葉上滴滴答答地滾下一串水珠，又是一串柔和的水聲。

大河散發着清涼。

大河深深地誘惑着妞妞。

妞妞被太陽曬得紅紅的臉，由於水引起的興奮，顯得更加紅了。

灣在水中，最充分地表露着水給予他的舒適和愜意。

妞妞把手伸進水中，一股清涼立即通過手指流遍全身。

「下來吧，給你紅葫蘆。」

妞妞拿不定主意。

「別怕，我護着你！」

妞妞動心了，眼睛一閃一閃地亮。

灣走過來，捧起水澆在仍在彷徨的妞妞身上。

妞妞打了一個寒噤，側過身子。

灣便更放肆地朝她身上又潑了一陣水。

妞妞便害臊地脫下小褂兒，怯生生地走進水裏。

她先是蹲在水中，隨後用雙手死死抓住岸邊的蘆葦，伏在水上，兩腿在水上胡亂撲騰，鬧得水花四濺。

水確實是迷人的。妞妞下了水，就再也不願上岸了。

灣便有了一種責任，不再自己游泳，而把全部的心思用在對妞妞的保護上。

水，化去了兩個孩子之間的陌生和隔膜。

他們或一起在蘆葦叢裏摸螺螄①，或在淺水灘上奔跑、跌倒，或往深處去一去，讓水一直淹到脖子，只把腦袋露在水面上。

大河異常的安靜。兩顆腦袋長久地、默默地對望着。

過了幾天，妞妞在充足地享受了水的清涼和柔情之後，不再滿足於老待在淺水灘上瞎鬧了。她嚮往着大河的中央和大河的那邊，渴求自己也能任願望縱橫，自由地漂浮在這寬闊的水面上。

灣極其樂意為她效勞。他不知疲倦地、極有耐心地教她游泳。

那些日子，陽光總是閃着硫黃色的金光，濃郁的樹木和蘆葦襯托着無雲的天空。灣的心情開朗而快活。

① **螺螄**：方形環棱螺的俗稱，田螺的同類，生活在淡水中。螺殼呈圓錐形，尖頂，黃褐色或深褐色。

大河不再是孤獨的。

妞妞的膽量一日一日增大。大概過了六七天，妞妞想到小島上去的念頭變得日益強烈，居然敢向灣明確提出這樣的要求：「讓我抱着紅葫蘆，也游到小島上去吧。」

灣同意。

妞妞抱着紅葫蘆往前游，灣就在一旁為她護游。

小島稍稍露出水面，土地是濕潤的。島上長着幾十棵高大的白楊，一棵棵筆直而安靜地倒映在水中。五顏六色的野花，西一株，東一叢，很隨意地開放着。島中央還有一汪小小的水塘，幾隻水鳥正歇在塘邊的樹丫丫上。

妞妞仰臉望，那些白楊直插向藍色的天空。

「你老來這裏嗎？」

「老來。」

「幹嗎老來呢？」

「來玩。」

「這兒有什麼好玩呢？」

「好玩。」

「……」

「我來找我們班的同學玩。」

妞妞就糊塗了：這不就是空空的一個小島嗎？

灣帶妞妞走到一棵白楊樹下，用手指着它：「他是我們班的王三根。」

妞妞扭過頭去看時，發現那棵白楊樹上刻着三個字：王三根。

她再往其他白楊樹上細尋，分別看到不同的名字和綽號：李黑、周明（塌鼻子）、丁妮、吳三金、鄒小琴（小鍋巴）⋯⋯

灣見到他的「同學」，暫時忘了妞妞，忘情地與他們玩耍起來。他從這棵白楊跑向那棵白楊，或是拉一拉這棵白楊樹上的一根枝條，或是用拳頭打一下那棵白楊的樹幹，有時還煞有介事地高叫着：「塌鼻子，塌鼻子，你過來呀，不過來是小狗！」他瘋了一樣在林子間穿梭，直跑得大汗淋漓、氣喘吁吁，最後倒在地上，用手抵禦着：「好三根，別打了，啊，別打了⋯⋯」他胳肢着自己，在地上來回打着滾兒⋯⋯

妞妞默默地看着他。

他一直滾到了妞妞跟前。他停住了，眨了眨眼，望着妞妞，很尷尬。

「他們不肯與你玩，是嗎？」妞妞問。

灣的目光一下顯得有點呆滯。他低下頭去。

後來，妞妞覺得灣哭了。

過了好久，灣才又和妞妞在小島上快活地玩耍起來。

整整一個下午，他們就是忙着搭一座房子。他們假想着要在這小島上過日子。他們找來很多樹枝和蘆葦，又割

了許多草，把那座房子建在了水塘邊上。妞妞還用蘆葦稈在房子的一側圍了一個雞欄。兩個人還用泥做了灶、鍋，還有許多碗和盤子，並且找來一些野菜，裝着津津有味地吃了一頓。

不知不覺，太陽落到大河的盡頭去了。

妞妞的媽媽在喚妞妞晚歸：「妞妞——」

妞妞不答。

媽媽一路喚着妞妞的名字，往遠處去了。

灣和妞妞只好依依不捨地離開了「家」，跑向水邊。

還是妞妞抱着紅葫蘆往前游，還是灣為她一路護游。

夕陽照着大河。河水染成一片迷人的金紅。

他們迎着夕陽，在這金紅的水面上，無聲但卻舒心地游動……

四

「別再到河邊玩去了。」媽媽幾次對妞妞說。

「為什麼呢？」

「不為什麼。反正，你別再到河邊去了。媽媽不喜歡。」

妞妞不聽媽媽的話，還是往河邊跑。妞妞的魂好像丟在了大河裏。

莊稼正在成熟，太陽的灼熱在減輕，流動着熱浪的空

間，也漸漸有了清風，夏天正走向尾聲。

然而，妞妞還未能丟開紅葫蘆空手游向河心。

「明年夏天，你再教我吧。」妞妞說。

「其實你能游了，你就是膽小。」

「還是明年吧。」

一天下午，妞妞正在淺水灘上游得起勁，一直坐着不動的灣突然對妞妞說：「你抱着紅葫蘆，游到對岸去吧。」

「我怕。」

「有我護着你。」

「那我也怕。」

「我緊緊挨着你，還不行嗎？」

「那好吧，你千萬別離開我。」

灣點點頭。

妞妞抱着葫蘆游至河中央時，望着兩邊都很遙遠的岸，心中突然有點害怕起來。這時，她看見灣笑了一下。那笑很怪，彷彿含着一個陰謀。妞妞的眼中，只是一片茫茫的水。她第一回感覺到，這條大河竟是那麼大。除了紅葫蘆，便是一片空空蕩蕩。妞妞轉臉看了一眼灣，只見灣的臉上毫無表情，只是朝前方的岸看。

「我們往回游吧。」

「往前游與往後游，都一樣遠。」

「我怕。」

灣還是朝前看，彷彿在心裏做一個什麼決斷。

「我怕……」

「怕什麼！」灣一下挨緊妞妞，突然從她手中抽掉了紅葫蘆。

妞妞尖叫了一聲，便往水下沉去。她的雙手恐懼地在水面上抓着，並向灣大聲叫着：

「紅葫蘆！紅葫蘆！」

灣卻一笑游開了。

妞妞繼續往下沉。當她沉沒了兩秒鐘，從水中掙扎出來時，便發瘋似的號叫：「救命啊！」

妞妞的媽媽正往河邊來尋妞妞，一見此景，幾乎軟癱在河岸上。她向四周拚命喊叫：「救命啊！」

妞妞一口接一口地喝水，並發出被水嗆着後的痛苦的咳嗽聲。

灣還是不肯過來。

妞妞再一次從水下掙扎出來，向灣投去兩束仇恨的目光。

在田裏幹活的人聽到呼叫聲，向大河邊跑來，四周一片吵嚷聲。

當妞妞不再掙扎，又要向水下沉去時，灣也突然驚慌起來，拚命撲向妞妞，並一把抓住她的雙手，隨即將紅葫蘆塞到她懷裏。

灣想說什麼，可就是一句話也說不出來，眼前的一切使他完全蒙了。他的腦子停止了轉動，抓着繫在紅葫蘆腰間的繩子，兩眼失神地將妞妞往岸邊拉去。

岸上站了很多人，但都沉默着。

那沉默是沉重的，令人壓抑的。

灣一下子覺得自己是個罪犯。

妞妞的媽媽迫不及待地衝向水中：「妞妞……」

「媽媽……媽媽……」妞妞抱着紅葫蘆哭着。

灣把妞妞拉回到淺灘上。

妞妞鬆開紅葫蘆，極度的恐懼，一下轉成極度的仇恨，朝灣大聲喊着：「騙子！你是騙子！」說完她撲進媽媽懷裏，哆嗦着身子，大哭起來。

媽媽一邊用手拍着妞妞，一邊在嘴裏說着：「妞妞別怕啦，妞妞別怕啦……」

灣低垂着頭。

妞妞的媽媽瞪着他：「你為什麼要這樣騙人？」

灣張嘴要說話，可依然說不出，只有兩行淚水順着鼻樑無聲地流淌下來。

妞妞跟着媽媽回家了。其餘的人也一個一個地離開了河邊。

只有灣獨自一人站在水裏。他的頭髮濕漉漉的，在往下淌水。這水流過他瘦小的身子，又流回到河裏。

紅葫蘆漂浮在他的腿旁。

起晚風了，大河開始晃動起來。水一會兒淹到灣的胸部，一會兒又將他的腿袒露出來。

紅葫蘆在水上一閃一閃的，像一顆心在跳。

天漸漸黑下來。

涼風吹着單薄的灣，使他一個勁兒地哆嗦。他仰臉望着大河上那片蒼茫的星空⋯⋯

五

幾天後的一個黃昏，河心小島上升起一團火，一股青藍的煙先是飄到空中，後又被氣流壓到水面，慢慢散盡，化為烏有。

是灣燒掉了那個「家」。

六

妞妞再沒到河邊去過，也再沒有向大河望過一眼。她去了外婆家，準備在那裏度完暑假的最後幾日。

一天中飯時，在飯桌上，年邁的外公向他們幾個小孩偶然談起他小時候的一件事來：「那時，我跟你們一樣，就是喜愛下水。可膽子小，只敢在屋後鴨池裏游。父親見我游來游去，說我能游大河，我嚇得直往後躲，他說我是沒出息的東西。那天，他拿了一個大木盆，讓我坐上，說

要帶我去大河對岸的竹林裏掏一窩小黃雀。他把我推到大河中央，突然把大木盆掀翻了。我嗆了幾口水，掙出水面，鬼哭狼嚎喊救命。一下來了很多人。父親卻冷眼看我，根本不把手伸過來。我沉了兩下，又掙扎出來兩下，水喝飽了。後來又往下沉去。我完全沒有指望了！可真也怪了，就在這時，我的身子忽然變得輕飄起來，完全恢復了在鴨池裏游泳的樣子。我心好緊張，可又好快活，不一會兒工夫，就游到了對岸。從那以後，再寬的大河我也敢游了。」

　　妞妞用牙齒咬着筷子。

　　「妞妞快吃飯。」外婆説。

　　妞妞放下筷子：「我要回家。」

　　「你不是要在這裏住幾天的嗎？」外婆問。

　　「不，我要回家，現在就回家。」説完，妞妞起身就走，無論外婆怎麼叫，也叫不住她。

　　妞妞直接跑到大河邊。

　　大河空空蕩蕩。

　　妞妞低頭看時，看見那隻紅葫蘆拴在水邊的蘆葦稈上。它像從前一樣的鮮亮。

　　妞妞靜靜地等待着，然而對岸毫無動靜。

　　當太陽慢慢西沉時，妞妞的眼裏露出強烈的渴望。

　　夏天正在逝去，藍色的秋天已經來到大河上。不知從

哪兒漂來一片半枯的荷葉，那上面立着一隻默然無語的青蛙，隨了那荷葉，往前漂去。

無邊的沉寂，無邊的沉寂。

妞妞走下水，忘記一切，朝前游去。她沒有下沉，並且游得很快。她本來就已經能夠游過大河的。

她第一回站到那座茅屋面前，然而，那茅屋的門上掛着一把鐵鎖。

一個放牛的男孩告訴妞妞，灣轉學了，跟媽媽到三百里外他外婆家那邊的學校上學去了。

七

開學前一天的黃昏，妞妞解了拴紅葫蘆的繩子，那紅葫蘆便一閃一閃地漂進了黃昏裏⋯⋯

槍魅

一

　　野鴨阿西醒來時，發現自己在一隻柳條編織而成的籠中。

　　牠想，牠一定被獵人的槍打傷了，並且傷得很重，便呻吟起來。可是，牠慢慢感覺到，牠身上並無疼痛的地方。牠歪着腦袋，仔細檢查了自己，並未發現傷痕。牠又用扁嘴掀起羽毛細察，終未找到槍傷。「那我怎麼被關到籠中了呢？」牠有點困惑。

　　牠大膽地朝籠外看去，獵人正坐在凳子上擦他的獵槍。阿西一陣哆嗦，抖得**翎羽**[①]索索地響。

　　牠隱隱約約地記得，當時牠和阿秀牠們正在水面上嬉鬧，突然一聲槍響，牠眼前一陣發黑，便什麼也不知道了。

　　牠自然害怕這杆槍。

　　當牠明白了這一點──牠不是被槍打暈，而是嚇昏過去──以後，牠確實有點害臊。

　　這個獵人（牠現在當然不知道他將是牠的主人）長得糊里糊塗的，眼睛、鼻子、嘴

[①] **翎羽**：羽毛，多指鳥的翅膀或尾巴上又長又硬的羽毛。

擁擠在一張黑黃的臉上，兩隻耳朵被蓬亂而枯焦的頭髮掩去一半。但眼中閃出的狡詐，卻是分明的，甚至能穿透靈魂。他聚精會神地擦他的槍。這枝槍我們實在不敢恭維——一枝老槍。稍有出息的獵人，都不再使用這種傢伙了。但他似乎很愛這個寶貝，擦得認真而有耐心，直至把它擦得錚亮。他站起身，用一種很不入眼的姿勢端起這杆槍，朝前瞄着，彷彿眼前有什麼飛物，一本正經地盯住，而隨之轉動着身體⋯⋯槍口一下對準了籠中的阿西。

阿西又幾乎要昏厥過去了。

獵人放下槍，走過來，望着牠，發出一陣怪笑：「我不會殺死你的，我要將你馴成一隻出色的槍魅！」

這地方，有不少獵人將他們捕獲的活的獵物加以馴導，使牠們專門幹將其同類引誘到他們槍口之下的勾當。牠們被稱為「槍魅」。

獵人把阿西拋進了池塘。

阿西有點惶惑：他把我放了？牠不敢貿然起飛，先用嘴吧唧吧唧喝了幾口水，又用嘴撩起水，戰戰兢兢地洗了洗脖子。水珠在牠的背上滴溜溜滾動着。牠一歪腦袋，琥珀色的眼睛在陽光下反射出一束光芒。牠又見到了那藍而廣闊的天空：好自由的天空啊！阿西的心頭湧起一陣興奮。牠簡直要哭了。空氣清新、濕潤。微風輕輕拂動，掀翻着牠一身好看的羽毛。一支陌生的鴨隊從池塘邊的白楊樹頂

上飛過，不緊不慢地朝遠空飛去了。

坐在池塘邊的獵人在閉目養神。

這使阿西的心緊縮成一團。牠用爪朝前划動着。當牠看準了獵人確實閉着眼睛時，牠突然起飛，展開雙翅，朝着藍色的天空飛去。當牠滿以為重新獲得了天空時，牠覺得飛不動了。牠使勁扇動着翅膀，最終還是撲通一聲倒栽在池塘裏——牠的腿上被拴了一根長長的繩子。

獵人朝牠大笑起來，直笑得前仰後合，氣接不上來，捧着肚子，流出眼淚，最後一頭栽倒在池塘裏。他鑽出水面後，依然還用雄鴨一般的嗓音笑個不停。

阿西哭了。

獵人像收釣魚線一樣，將繩子一圈一圈往手上繞着。

阿西一點也不反抗，像隻死鴨子，耷拉着翅膀，讓繩子牽着，被獵人毫不留情地拽向岸邊。

二

獵人抓住濕漉漉的阿西，重新將牠扔進籠子裏。

籠子被獵人掛在池塘邊的樹丫上。阿西見着水見着天，可被囚着。清清池水的漣漪，空中飛鳥的翱翔，所有這一切，都刺激着阿西。牠渴望着自由自在的生活。

多麼愜意的翱翔！

可是獵人根本不理會牠，扔下牠走了。

阿西蹲在籠中，默默地想念着那些美好的光景——

牠跟隨一支龐大的鴨隊，幾乎飛過半個地球。飛過一座座樹林、一條條大河和一汪汪湖泊。有時飛得極高，在雲層裏穿行。氣流像水一樣漫過脊背，兩隻翅膀在空氣中劃動，發出動聽的沙沙聲。牠們一個挨一個，姿勢優雅而輕鬆，像一頁頁紙在空中悠然飄動。沉、浮，浮、沉，飛行是那麼的愜意。鴨隊在空中不時變化着隊形，但從來不亂。牠們在藍色的天空上，留下一個又一個優美的圖形，使寂寞單調的天空有了內容。常常是在夜空下飛行。那時，阿西有一種說不清的神秘感和寧靜感。看不見河流和村莊，什麼也看不見。牠們就這樣在涼絲絲、藍幽幽的空氣中往前飛。飛向什麼具體地方，牠們並不清楚。但牠們都能憑着自己的感覺，飛向牠們願意到達的地方。即使是夜間的飛行，牠們也都是很有秩序的。聽着同伴雙翅劃破空氣的聲音，各自都能準確地保持在自己的航線上。黑夜的柔紗似有似無地撫摩着牠們。高遠處的星光，常使牠們迷離恍惚地覺得自己是在飛向天堂。

牠們隨時都可能降落，或落在一片蘆葦蕩^①中，或落在一汪林間湖泊之上，或落在一片水田裏。降落是一件讓阿西身心愉悅的事情。牠們斜着身子盤旋着，盤旋着。濕

---

① 蕩：淺水湖。

潤的水汽，對長旅的牠們具有極大的誘惑力。牠們越飛越低，終於一個個撲啦啦地落進水中。有時，阿西會禁不住仰空長叫一聲，聲音在寧靜的世界裏顯得極為純淨動聽。

也許，水下世界比空中世界更使阿西着迷。

阿西一撅屁股，朝深水中扎去。小水泡咕嚕咕嚕地響着。潛到一定深度，牠便伸長脖子朝前游去。四周水晶般透明。水草像一股股**裊裊**①飄動的煙。各種各樣的魚，在水中閃爍着亮光。一隻隻白玉般的蝦，或攀附在水草和蘆葦稈上，或以一種奇怪的游動方式，向前推進。有一種魚的額頭，像綴了一顆藍晶晶的寶石，在水底世界發出十分美麗的光芒。幾隻河蚌在沉寂荒涼的河底，留下一道道永不為世人所知的線條。

阿西讓羽毛蓬鬆開，讓清純冰涼的河水浸泡着。那時的阿西，是很陶醉的。

當然，阿西最懷戀的還是妹妹阿秀。

阿西還隱隱約約地記得，那天，牠啄開了蛋殼，正用新奇的目光打量着一個光明的世界，只聽見身旁另一隻蛋中發出篤篤的聲響。牠用耳朵貼在那隻蛋上聽了一會兒，問：「你是誰呀？」「我是阿秀。」「你使勁啄呀！」阿秀猛一啄，出來了。阿秀毛茸茸的，那張小小的、金黃色的嘴可比阿西那張嘴秀氣多了。阿西挺喜歡阿秀，便帶着

---

① **裊裊**：煙氣盤旋上升的樣子，或形容細長而柔軟的東西擺動的樣子。

牠，走出蘆葦叢，走進了湖泊。從此，牠們形影不離。阿秀總是「阿西阿西」地叫着，跟隨着阿西，從北方飛向南方，又從南方飛向北方。

「阿秀在哪兒呢？」

阿西很傷感地望着籠外那片沒有動靜的天空……

三

一連三天，獵人沒有給阿西一口食、一口水。阿西餓得皮包骨頭，立不起身子來。

小魚小蝦就在眼前的池塘裏游動着，似乎帶着一點挑逗性。

獵人終於端着一瓢水來了。

阿西急切地伸過脖子去，想痛飲幾口這生命之水。

然而，獵人卻發一聲冷笑，把瓢端開，高高舉起，慢慢地將水傾倒在池塘中。

阿西只好可憐巴巴地望着那小瀑布似的水。

又過了兩天，獵人把一羣家鴨趕進了池塘。那羣傢伙在池塘裏得意得要命。喝水，捕捉魚蝦，愜意地扇動翅膀，激起一蓬蓬水花。牠們吃吃喝喝，然後就呱呱呱地歡叫。

阿西眼饞得很，可是只能伸長脖子**乾嚥**①。

---

① **乾嚥**：很想吃但無法得手，只可白白地嚥下唾液。

獵人出現了。他手中拿着一支點着的**紙芒**①，把獵槍架在河坎上。

正當阿西琢磨獵人的行為時，獵人過來，打開籠門，把阿西放到水池中。

獵人趴到地上，吹了一口紙芒，朝裝在獵槍上的導火線湊去。

阿西一見，一頭扎到池塘裏。過了一會兒，牠便聽見砰的一聲，槍響了。

不知為什麼，獵人把阿西從水中拖出來，笑眯眯地賞給牠好幾隻蝦好幾條魚好幾口清水。

阿西吞嚥了食物之後，又被獵人放回池塘。獵人又趴到地上，又吹了一口紙芒，又朝導火線湊去。阿西又照樣扎進水中。槍聲再次響起。阿西又再次得到了獵人獎賞的食物。

獵人的這種奇怪行為，重複了十幾回，阿西終於在腦海中形成了一個記憶：當獵人將要點燃導火線時，我便扎進水中，槍響之後，就能得到食物。

以後幾天，獵人還教會阿西，當把牠放到水上時，牠應當很高興地唱牠過去最愛唱的歌。

這天，獵人帶着阿西，駕着小船，駛進了茫茫的蘆葦

槍
魅

---

① **紙芒**：一種較易燃燒的紙，常用來引火。以前的人點火時先燒着紙芒，再把火轉移到木柴上。

蕩。

蘆葦深處，是一大片水面。獵人將小船藏到蘆葦叢中，架好槍，點着紙芒，把阿西放到了水中。

於是阿西便唱起那支歌：

水好清澄呀，

水草好茂盛呀，

魚好多呀，

蝦好肥呀，

鴨們，快快落下來呀……

一隊野鴨正從天空飛過，聽見阿西的歌聲，便一圈一圈盤轉下降，落進水裏。

獵人吹了一口紙芒，朝導火線湊去。

阿西猶豫了一下，趕緊扎入水中。

槍聲過後，阿西從水中鑽出。眼前情景好慘：水面上，像草把一樣，漂浮着一片野鴨，牠們的血將水都染紅了。

四

阿西呆呆地停泊在那一大片屍體中間。

天陰沉沉的，水陰森森的。四周是一片淒涼的寧靜。

獵人蕩着小船，喜滋滋地過來，將那些野鴨撈起扔到

船艙裏，最後將麻木了的阿西抓進籠中。這回獵人更加慷慨，端了滿滿一小盆魚蝦，放到阿西嘴邊。阿西依然麻木着。

歸途中，阿西醒來了。當牠回憶起剛才所見的慘狀時，牠發瘋似的朝籠外掙扎着，弄得羽毛紛紛掉下，額頭上撞出血來，後來，便軟癱了下去。

阿西一連幾天拒絕進餐。

但，最終還是兇惡狡詐、慣於軟硬兼施的獵人勝利了。阿西一次又一次地將同類引誘到獵人的槍口下。現在，當阿西再看到水面上同類的屍體時，已沒有痛苦，一副麻木不仁的樣子。

這種血腥的捕殺每完成一次，獵人總要給予阿西一連好幾日的獎賞。獵人甚至毀掉了囚籠，只用繩子拴着牠的腿，讓牠自由地在池塘中遊蕩。獵人還將幾隻漂亮的母家鴨趕到池塘，陪伴着牠。家鴨們對牠很崇拜，因為牠們不能飛上天。池塘很小，且又不能遠走高飛，但阿西還是有了幾分得意。

阿西心情一好，留意起自己的形象來。牠歪着脖子，仔細打量着映在水中的自己。牠發現自己很英俊。

阿西確實已是一隻長得很帥的公鴨了。一身厚厚實實的羽毛，包住了結實的身體。羽毛油光水滑，在陽光下閃閃發亮。修長的脖子，質地如同牛角一般的嘴巴，金燦燦

的雙爪，明亮的眼眸，與那羣家鴨比起來，阿西更是光彩奪目。最值得阿西驕傲的，是脖子上那圈紫金色的羽毛。那羽毛是多麼高貴啊，尤其是在陽光下。那是一個美麗的光環。

阿西游動起來也極有樣子，高仰着脖子，在水面上輕盈如一片羽毛朝前滑行，不像家鴨們很沒有必要也很不文明地弄出許多水花和一條水道來。

獵人居然讓牠站在他的肩頭上，走到人們面前去。

牠常常聽到人們對牠的讚美。

這天，獵人用肩頭帶着牠來到集市上。

「這隻槍魅賣嗎？」有人開玩笑地問。

「賣。」獵人説。

「你開玩笑。」

「不，真賣。」獵人很認真。

這一説可不得了，圍過來許多獵人：

「多少錢？」

「你們自己出價，我撿最高價出手。」

「一百！」

「一百五！」

「兩百！」

「兩百五，不能再高了。」

「誰説不能再高了，我出三百！」

最後，有人竟敢出五百塊錢。

獵人從肩上抱下阿西，放在手上：「多漂亮的一隻槍魅啊！」

那個出五百塊錢的人，伸手過來取阿西。

獵人搖頭大笑：「開個玩笑。這槍魅難道是能用錢買得了的嗎？無價之寶啊，無價之寶！」說罷，將阿西放在肩頭，撥開人羣，朝前走去。

人羣着了魔一樣，呼啦啦地尾隨其後。

阿西像隻鷹，一動不動，高傲地站立在獵人的肩頭。

五

阿西又被獵人帶到蘆葦蕩中的一片水面上。

將近中午時，終於等來了一支野鴨隊。

於是，阿西唱起來。

於是，那支野鴨隊盤旋下落。

「阿西——」

阿西正要細瞧，阿秀一個旋轉，已經落到了牠的面前。一年多不見了，阿西忘記了一切，激動得用嘴不住地點水，向阿秀訴説着思念之情。阿秀已經出落成一隻漂亮的母鴨，只是清瘦了一些。這是阿西熟悉的鴨隊。鴨們圍着牠們兄妹倆，都為牠們的團圓而高興。

「阿秀一直在尋找你。」

阿秀溫柔而喜悅地望着阿西。

水面上，充滿了鴨們的歡樂。

阿西用嘴親昵地給阿秀梳理着羽毛。

「阿西哥，這一年裏，你就獨自到處流浪？」阿秀傷心地問。

阿西愣了一下，隨即點點頭。

「那回，從北邊來了一隻鴨，硬對我說：你還在想阿西，真傻！阿西已經做了槍魅啦……」

阿西渾身一震。

「牠還說，不知有多少鴨隊被你引誘到獵人的槍口下……」

阿西低下頭去：「牠胡說。」

「牠說：你還不信，我就是死裏逃生的。我就罵牠：不准你污蔑我阿西哥！我阿西哥才不是那樣的鴨呢！牠還要說，我就用嘴咬牠，一邊咬一邊哭。誰讓牠污蔑我阿西哥呢！」

阿秀乖巧地偎依在阿西的身邊。

「牠就滿天下打聽你的下落。不知飛過多少森林，多少村莊和田野。有時夜裏突然失聲大叫，驚得大夥都醒來。牠想你想急了，不管誰勸，牠也不聽，愣要深更半夜就起程去找你。我們只好陪着牠。」

阿西一轉腦袋，看見了獵人手中已經點着了的紙芒。

「你們走吧。」阿西説。

「怎麼？你不跟我們一起走？」鴨們紛紛圍過來。

「不……」

「阿秀，你快跟大夥一起走吧。」阿西説。

阿秀很吃驚：「你……不要我啦？」

「不……不是……」

「我哪兒也不去。我就要和你待在一塊兒。」阿秀用嘴去摩挲着阿西的脖子。

獵人吹亮了紙芒，示意阿西潛入水中並將紙芒湊向導火線。

「你們快飛呀！有槍！」

鴨們並不相信阿西的話。因為，鴨們都相信阿西是一隻好鴨。

阿西一頭扎進水中。牠突然想起阿秀那對帶着淚光的眼睛和那支日夜兼程四處尋找牠的鴨隊，猛地鑽出水面，發出一陣誰也不敢當作玩笑的、鴨們只在特別緊急的情況下才使用的警報聲。

鴨們嘩啦啦飛向天空。

槍響了。阿西最後看了一眼已在空中的阿秀和鴨隊，慢慢閉上了眼睛。

蕭瑟的秋風吹皺了牠身體周圍一汪陰涼陰涼的湖水……

守夜

奶奶是老得到時候了，還是勞累過度？一口氣沒喘上來，手往牀邊一垂掛，丟下大鴨和小鴨兩個孫兒，死了。

村裏的大人們都這麼說：「鴨他奶奶走了。」

其實，奶奶還沒走呢，她躺在兩張板凳架起的一扇門板上。她穿着幾個老奶奶幫她換上的新衣、新襪、新鞋，把頭靜靜地枕在一隻新做的、軟軟的枕頭上。

大鴨和小鴨已哭得不能再哭了，只是緊緊地挨在一起，呆呆地站着，遠遠地望着奶奶。

他們的臉上，各自掛着兩道盈盈的淚水。

天已很晚了，忙累了的大人們，將要回家去，在一旁議論：

「也沒有個親人為她**守夜**[1]。」

「有大鴨和小鴨。」

「別累着兩個孩子。再說，孩子膽小，還不一定敢呢。」

---

[1] **守夜**：又叫守靈。家中有人剛去世時，在生的親人會徹夜陪在死者旁邊，悼念死者。以前的人認為人死後，人的靈魂會在離開人間之前回家看看，在生的親人怕他找不到回家的路，於是點起蠟燭，放在死者遺體旁邊，並要注意不讓蠟燭熄滅，藉以替親人的靈魂引路。

「可憐，她就只能自己一個人待着了……」村東頭的三奶奶説着，撩起衣角，拭了拭淚。

大鴨和小鴨，慢慢走向奶奶，然後一聲不吭地坐到了挨着奶奶的椅子上。他們是奶奶的孫子，當然要給奶奶守夜。

屋裏的人，都默默地望着他們。

「別怕，是自己的奶奶。」村裏頭年紀最大的鬍子爺爺，拍拍大鴨和小鴨的頭，叮嚀了幾句，眨了眨倒了睫毛的眼睛，拄着拐棍，跌跌撞撞地走了。其他人，也跟着他，慢慢走出屋子。

大鴨和小鴨並不明白，為什麼人死了要有親人守夜。他們只知道自己應當和奶奶待在一起，絕不能讓奶奶孤單單地一個人躺在茅屋裏。奶奶不能沒有他們兩個孫兒，他們也不能沒有奶奶。

奶奶真有福氣，有兩個孫兒守着她。

兩枝蠟燭在燭台上跳着金紅色的火苗。奶奶的頭髮閃着亮光，臉上也好像閃動着光彩，像是因為有兩個孫兒給她守夜而感到心滿意足。

可是，她那對沒有完全舒展開的眉毛，又好像在責怪自己：我走得太急了，該把兩個孫兒再往前領一段路啊！

大鴨十二歲，小鴨才八歲。他們沒有爸爸（爸爸生病死了），也沒有媽媽（媽媽改嫁到很遠的地方後就再也沒

有回來過）。奶奶不能走，奶奶不放心兩個孫兒，可她還是走了，由不得她。

蠟燭一滴一滴地淌着燭淚。

小鴨伏在大鴨哥哥的肩上。兄弟倆一動不動地坐着，望着奶奶的臉。他們不睏，也不知道睏。奶奶活着的時候，他們總是很睏，捏着鋼筆寫字，寫着寫着就瞌睡了。奶奶一邊說「瞌睡金，瞌睡銀，瞌睡來了不留情；瞌睡神，瞌睡神，瞌睡來了不由人……」一邊把他們拉到鋪邊去。他們迷迷糊糊地爬到小鋪上。奶奶給他們脱掉鞋子、衣服，給他們蓋上被子，嘴裏還不停地念叨^①着：「瞌睡金，瞌睡銀……」

以後，他們夜裏睏了，還有誰再抓着他們的胳膊，把他們拉到鋪邊去呢？

小鴨和大鴨沒有哭，可是心裏在哭。

夜深了，四周靜得像潭水。遠處田野上，有一隻野雞喔喔喔地叫起來，叫了一陣，覺得叫得不是時候，小聲叫了兩下，睏了，不叫了。起風了，屋後池塘邊的蘆葦發出沙沙聲。有魚跳水，發出咚的水響。風從窗戶吹進屋裏，燭光跳起來，搖起來。

小鴨突然害怕了，雙手緊緊抱着大鴨的胳膊。大鴨到

---

① 念叨：嘮叨，囉囉嗦嗦說個不停。

底是哥哥，沒有小鴨那樣怕。他把小鴨拉到懷裏，互相依偎着。當大鴨突然想到奶奶確實已經死了時，他也不由得害怕了。

奶奶在世的時候，教給他們很多很多歌謠。夏天在河邊乘涼，奶奶一邊用芭蕉扇給他們趕蚊子、扇風，一邊唱。冬天天冷，他們一吃完晚飯就鑽被窩。牆壁上掛盞小油燈。他們睡不着，鑽在奶奶的胳肢窩裏。奶奶一邊用軀體溫暖着他們兩個寶貝兒，一邊唱。他們很多時候，是在奶奶的歌謠所帶給他們的歡樂中度過的。

奶奶走了，留給他們多少有趣的歌謠！

大鴨摟着哆嗦的小鴨，聲音輕輕地説：「石榴樹，結櫻桃，楊柳樹，結辣椒，吹的鼓，打的號，抬的大車拉的轎，木頭沉了底，石頭水上漂，小雞叼老鷹，老鼠捉了大咪貓。」

小鴨望了哥哥一眼：「金箍棒，金箍棒，爺爺打板奶奶唱，一唱唱到大天亮，養活了孩子沒處放，一放放到鍋台上，吱兒吱兒喝米湯。」

兄弟倆交替着唱，唱着唱着，兩人抱在一起睡着了。

蠟燭快點完了，火苗兒小得像豆粒兒。

春天夜裏，挺涼的，大鴨醒了，連忙推了推小鴨：「坐好。」

小鴨用手背揉着眼睛，嘴裏含混不清地叫奶奶。

大鴨遵照鬍子爺爺的囑咐，點上兩枝新蠟燭，插到燭台上。

離天亮越來越近，跟奶奶在一起的時間越來越短。太陽出來時，村裏的人，就要送奶奶走了。

兄弟倆再也睡不着，依然偎依着坐着，靜靜地望着奶奶滿是皺紋的臉……

奶奶真苦，自己那麼大年紀了，還要拉扯他們兩個孫兒。奶奶喜歡他們，疼他們。為了他們，奶奶什麼苦都能吃。門前有一塊菜園，奶奶從早到晚侍弄它，長瓜種菜。夏天熱得曬死人，奶奶頭上頂塊濕毛巾，坐在小凳上拔豆草，汗珠撲簌撲簌往下滾。大南瓜，紫茄子，水靈靈的白蘿蔔，燈籠兒似的青椒，一串串扁豆莢像鞭炮，絲瓜足有兩尺長。奶奶拄着拐棍，挪動着小腳，把它們一籃一籃捎到小鎮上。賣了，把錢一分一分地朝懷中的小口袋裏攢，給大鴨和小鴨買衣服，買書包、鉛筆。奶奶不能委屈了大鴨和小鴨。

奶奶心裏就只有這兩個孫兒。

冬天下大雪。路上滑，奶奶怕上學的大鴨和小鴨摔跟頭，拄着拐棍兒，朝學校摸，一路上跌倒好幾次。摸到學校，她就站在屋簷下，等呀，等呀。大鴨和小鴨放學見到奶奶，她頭上、身上已落了一層雪。他們一人拉着奶奶一隻手往家走。小兄弟倆眼淚兒在眼眶裏直打轉……

夜越來越靜悄，除了風哨聲，沒有一絲聲響。

大鴨望着小鴨，用眼睛問他：弟弟，在想什麼？

小鴨鼻頭一酸，滾下兩串淚珠兒。大鴨摟着弟弟，淚珠兒一滴一滴地落在他的頭髮上。

風嗚嗚地響，屋後池塘裏的水，撞着岸邊，發出聲音。

不哭了吧，哭聲也留不住奶奶。

天很涼。他們守着死去的奶奶，再也沒有一絲害怕。大鴨從牀上抱來一牀薄被，輕輕蓋到奶奶身上。兄弟倆一起用溫暖的小手，抓着奶奶那隻早已變涼了的粗糙的大手。

還能為奶奶做些什麼呢？

奶奶活着的時候，他們幫奶奶做的事實在太少太少，還淘氣得沒邊兒，淨讓奶奶操心。夏天，村裏的孩子們，都光着屁股到村前的小河裏洗澡，亂撲騰，滿河濺着水花。兄弟倆禁不住誘惑，忘記了奶奶的告誡，小褲衩一扒，下河了。奶奶知道了，連忙趕到河邊。他們見了，趕忙爬上岸，穿上褲衩。奶奶揮起拐棍，在他們屁股上結結實實地各打了三下。奶奶怕他們淹死。打完了，奶奶哭了，一邊揉着他們的屁股，一邊説「揉呀揉，不長瘤」，又一邊落淚。

兄弟倆現在心裏真懊悔：不該惹奶奶生氣、傷心的，不該只顧貪玩，不幫奶奶多幹些活兒。懊悔又有什麼用呢？

天一亮，奶奶就走了，永遠地走了。

大鴨突然想起，去年村西頭五奶奶死後躺在門板上，到晚，兒孫們跟着一個從外村請來的會唱歌的老頭兒，繞着五奶奶轉。還有人敲着小鼓和銅鈸兒。那老頭兒閉着眼睛哼唱着，聲音忽高忽低。他手裏托着一個盤子，盤子裏是些五顏六色的碎紙片兒。他不時地抓一把拋到空中，然後紛紛落到五奶奶身上。大鴨和小鴨問奶奶這是做什麼。奶奶告訴他們，在給五奶奶送行呢，她要到一個好地方去，那裏長着很多花，五奶奶累了，去享福了。

大鴨和小鴨也要給奶奶舉行一次送別。

兄弟倆找到幾張五顏六色的紙，用剪子剪成一盤碎紙片。大鴨從抽屜裏找出兄弟倆都愛吹的蘆笛。那是大鴨做的，大拇指兒粗，一尺長，上面有小眼兒，一頭裝着一個跟安在**嗩吶**[1]上的差不多的哨兒。大鴨把蘆笛交給小鴨：

「吹吧。」

「奶奶能聽見嗎？」

「能。」大鴨點點頭，托着盤子，繞着奶奶走起來。

小鴨豎吹着蘆笛。笛聲低低的，哀哀的，像在跟奶奶說話呢。

大鴨唱着。唱的什麼，他一點也不明白，只是這麼唱

---

[1] **嗩吶**：吹管樂器，又叫喇叭。

着，把花紙片兒拋到空中。紙片兒飄忽着，輕輕地落在奶奶身上。

眼淚從他們的眼角流到嘴角。

淒婉① 的蘆笛聲，在春天的夜空中慢慢地傳開去，全村人都醒了。

想到是把奶奶送到一個好地方，兩個孩子心裏又**陡然**② 快樂起來。小鴨站起來，用勁吹着蘆笛，音調變化仍然很少，卻很歡快了。大鴨也稍稍把歌聲放大，把花紙片兒拋得更高。

奶奶為了拉扯他們，太累了，該享福了。

天上，嵌滿亮晶晶的星星，月亮很亮，像隻擦洗過的大銀盤。遠處林子裏，鳥兒已開始扇動翅膀，張着嘴巴，準備着迎接黎明。掛着露珠兒的桃花和麥苗兒，散發着好聞的清香。

奶奶身上落滿了花紙，不，是花瓣兒。

兄弟倆沒勁了，歌聲低了，蘆笛聲弱了。到後來，不吹也不唱了，又互相偎依在一起。兄弟倆心裏並不全都是悲傷。

他們靜靜地睡着了。奶奶也好像是睡着了。蠟燭流完最後一滴燭淚，火苗兒跳動了一下，無聲無息地熄滅了⋯⋯

---

① **淒婉**：聲音悲傷而婉轉。
② **陡然**：突然。

麻子[1] 爺爺是一個讓村裏的孩子們很不愉快甚至感到可怕的老頭兒。

他沒有成過家。他那一間低矮的舊茅屋，孤零零地坐落在村子後邊的小河邊上，四周都是樹和藤蔓。他長得很不好看，滿臉的黑麻子，個頭又矮，還駝背，像背了一口沉重的鐵鍋。在孩子們的印象中從來就沒有見他笑過。他總是獨自一人，從不搭理別人。他除了用那頭獨角牛耕地、拖石磙[2]，就很少從那片樹林子走出來。

反正孩子們不喜歡他。他也太不近人情了，連那頭獨角牛都不讓孩子們碰一碰。

獨角牛之所以吸引孩子們，也正在於獨角。聽大人們說，牠的一隻角是在牠買回來不久，被麻子爺爺綁在一棵腰一般粗的大樹上，用鋼鋸給鋸掉的，因為鋸得太挨根了，弄得鮮血淋淋的，疼得牛直淌眼淚。不是別人勸阻，他還要鋸掉牠的另一隻角呢。

---

[1] 麻子：因患上「天花」出疹子而留在臉上的疤痕，也指臉上長滿痘子或斑點的人。

[2] 石磙：石器農具，像一根圓柱，很沉重。使用時套上方架，由牛拖拉着，碾過事先鋪在地上的麥稈、稻稈等，使小麥、稻穀等脫粒。

孩子們常悄悄地來逗弄獨角牛，甚至想騎到牠的背上，在田野上瘋兩圈。

有一次，真的有一個孩子這麼幹了。麻子爺爺一眼看到了，不出聲，**悶着頭**① 追了過來，一把抓住牛繩，緊接着將那個孩子從牛背上拽下來，摔在地上。那孩子哭了，麻子爺爺一點也不心軟，還用那對叫人心裏**發怵**② 的眼睛瞪了他一眼，一聲不吭地把獨角牛拉走了。背後，孩子們都在心裏用勁罵：「麻子麻，扔**釘耙**③，扔到大河邊，屁股跌成兩半邊！」

孩子們知道了他的古怪與冷漠，不願再理他，也很少光顧那片林子。大人們似乎也不怎麼把他放在心裏。村裏有什麼事情開會，從沒有誰會想起來去叫他。地裏幹活，也覺得他這個人並不存在，他們幹他們的，談他們的。那年，人口普查，負責登記的小學校的一個女老師竟將在林子裏住着的這個麻子爺爺給忘了。

全村人都把他忘了。

只有在小孩子落水後需要搶救的時候，人們才忽然想起他——嚴格地說，是想起他的那頭獨角牛來。

---

① **悶着頭**：不聲不響的。

② **發怵**：害怕、畏縮。怵，粵音卒。

③ **釘耙**：農具，長柄，前端有像叉子那樣的大鐵齒，用來翻鬆泥土。

這一帶是**水網**①地區，大河小溝縱橫交錯，家家戶戶住在水邊上，門一開就是水。太陽上來，波光在各戶人家屋裏直晃動。吱呀吱呀的櫓聲，嘩啦嘩啦的水聲，不時地在人們耳邊響着。水，水，到處是水。這裏倒不缺魚蝦，可是，這裏的人卻十分擔心孩子掉進水裏被淹死。

你到這裏來，就會看見：生活在船上的孩子一會走動，大人們就用根布帶將他拴着；生活在岸上的孩子一會走動，則常常被新搭的籬笆擋在院子裏。他們的爸爸媽媽出門時，總忘不了對看孩子的老人說：「奶奶，看着他，水！」那些老爺爺老奶奶腿腳不靈活了，**攆**②不上孩子，就嚇唬說：「別到水邊去，水裏有鬼呢！」這裏的孩子長到十幾歲了，還有小時候造成的恐懼心理，晚上死活不肯到水邊去，生怕那裏冒出一個黑乎乎的東西來。

可就是這樣，也還是免不了有些孩子要落水。水太吸引那些不知道牠厲害的孩子了。小一點的孩子總喜歡用手用腳去玩水，稍大些的孩子，則喜歡到河邊放蘆葉船或爬上拴在河邊的放鴨船，解了纜繩蕩到河心去玩。河流上漂過一件什麼東西來，有放**魚鷹**③的船路過，賣泥螺的船來

---

① **水網**：河流、湖泊、溝渠等水流縱橫交錯，像一個用水做成的網。

② **攆**：追趕。

③ **魚鷹**：鸕鷀的別稱，或通稱會捉魚的鳥類。鸕鷀有黑色的羽毛，喉嚨附近是白色的，長嘴巴，擅長潛水捉魚。喉嚨下的皮膚可以擴大變成一個裝魚的囊，把捉到的魚存放在這個囊裏。

了……這一切，都能使他們忘記爺爺奶奶的告誡而被吸引到水邊去。腳一滑，碼頭上的石塊一晃，小船一歪斜……斷不了有孩子掉進水裏。有的自己會游泳，當然不礙事。沒有學會游泳的，有機靈的，一把死死抓住水邊的蘆葦，灌了幾口水，自己爬上來了，吐了幾口水，突然哇哇大哭。有的幸運，淹得半死被大人發現了救上來。有的則永遠也不會回來了。特別是到了**發大水**①的季節，方圓三五里，三天五天就傳說哪裏哪裏又淹死了個孩子。

落水的孩子被撈上來，不管有救沒救，總要進行一番緊張的搶救。這地方上的搶救方法很特別：牽一頭牛來，把孩子橫在牛背上，然後讓牛不停地在打穀場上跑動。那牛一顛一顛的，背上的孩子也跟着一下一下地跳動，這大概是起到人工呼吸的作用吧。有救的孩子，在牛跑了數圈以後，自然會哇地吐出肚裏的水，接着哇哇哭出聲來：「媽媽……媽媽……」

麻子爺爺的獨角牛，是全村人最信得過的牛。只要有孩子落水，便立即聽見人們**四下裏**②大聲吵嚷着：「快！牽麻子爺爺的獨角牛！」也只有這時人們才會想起麻子爺爺，可心裏想着的只是牛而絕不是麻子爺爺。

如今，連他那頭獨角牛，也很少被人提到了。牠老

---

① **發大水**：淹水，發生水災。

② **四下裏**：四面、各處。

了，牙齒被磨鈍了，跑起路來慢慢騰騰的，幾乎不能再拉犁、拖石磙子。包產到戶，分農具、牲口時，誰也不肯要牠。只是麻子爺爺什麼也不要，一聲不吭，牽着他養了幾十年的獨角牛，就往林間的茅屋走。牛老了，村裏又有了醫生，所以再有孩子落水時，人們不再想起去牽獨角牛了。至於麻子爺爺，那更沒有人提到了。他老得更快，除了守着那間破茅屋和老獨角牛，很少走動。他幾乎終年不再與村裏的人打交道，孩子們也難得看見他。

這是發了秋水後的一個少有的好天氣。太陽在陰了半個月後的天空出現了，照着水滿得就要往外溢的河流。蘆葦浸泡在水裏，只有穗子晃動着。陽光下，是一片又一片水泊，波光把天空映得很亮。一個捕魚的叔叔正在一座小石橋上往下撒網，一抬頭，看見遠處水面上浮着個什麼東西，心裏一驚，扔下網就沿河邊跑過去，走近一看，掉頭扯破嗓子大聲呼喊：「有孩子落水啦！」

不一會兒，四下裏都有人喊：「有孩子落水啦——」

於是河邊上響起**紛沓**①的腳步聲和焦急的詢問聲：「救上來沒有？」「誰家的孩子？」「有沒有氣啦？」等那個捕魚的叔叔把那個孩子抱上岸，河邊上已圍滿了人。有人忽然認出了那個孩子：「亮仔！」

---

① **紛沓**：數量多、接連不斷。

亮仔雙眼緊閉，肚皮鼓得高高的，手腳發白，臉色青紫，鼻孔裏沒有一絲氣息，渾身癱軟。看樣子，沒有多大希望了。

在地裏幹活的亮仔媽媽聞訊，兩腿一軟，撲倒在地上：「亮仔——」雙手把地面摳①出兩個坑來。人們把她架到出事地點，見了自己的獨生子，她一頭撲過來，緊緊摟住，大聲呼喚着：「亮仔！亮仔！」

很多人跟着呼喚：「亮仔！亮仔！」

孩子們都嚇傻了，一個個睜大眼睛，有的嚇哭了，緊緊地抓住大人的胳膊不放。

「快去叫醫生！」每逢這種時候，總有些沉着的人。

話很快地傳過來了：「醫生進城購藥去了！」

大家緊張了，胡亂地出一些主意：「快送鎮上醫院！」「快去打電話！」立即有人説：「來不及！」又沒有人會人工呼吸，大家束手無策，河邊上只有歎息聲、哭泣聲、吵嚷聲，亂成一片。終於有人想起來了：「快去牽麻子爺爺的獨角牛！」

一個小伙子躥出人羣，向村後那片林子跑去。

麻子爺爺像蝦米一般蜷曲在小鋪上，他已像所有將入土的老人一樣，很多時間是靠卧牀度過的。他不停地喘

---

① 摳：用手指或指甲挖。粵音溝。

氣和咳嗽，像一輛磨損得很厲害的獨輪車，讓人覺得很快就不能運轉了。他的耳朵有點背，勉勉強強地聽懂了小伙子的話後，就顫顫抖抖地翻身下牀，急跑幾步，撲到拴牛的樹下。他的手僵硬了，哆嗦了好一陣，也沒有把牛繩解開。小伙子想幫忙，可是獨角牛可怕地噴着鼻子，除了麻子爺爺能牽這根牛繩，這頭獨角牛是任何人也碰不得的。他到底解開了牛繩，拉着牠就朝林子外走。

河邊的人潮正擁着抱亮仔的叔叔往打穀場上湧。

麻子爺爺用勁地抬着發硬無力的雙腿，雖然踉踉蹌蹌，但還是跑出了超乎尋常的速度。他的眼睛不看腳下坑窪不平的路，卻死死盯着朝打穀場擁去的人羣：那裏邊有一個落水的孩子！

當把亮仔抱到打穀場時，麻子爺爺居然也將他的牛牽到了。

「放！」還沒等獨角牛站穩，人們就把亮仔橫趴到牠的背上。喧鬧的人羣突然變得鴉雀無聲，無數目光一齊看着獨角牛：走還是不走呢？

不管事實是否真的如此，但這裏的人都説，只要孩子有救，牛就會走動，要是沒有救了，就是用鞭子抽，火燒屁股腔，牛也絕不肯跨前一步。大家都屏氣看着，連亮仔的媽媽也不敢哭出聲來。

獨角牛哞地叫了一聲，兩隻前蹄不安地刨着，卻不肯

往前走。

麻子爺爺緊緊地抓住牛繩，用那對混濁的眼睛逼視着獨角牛的眼睛。

牛終於走動了，慢慢地，沿着打穀場的邊沿。

人們圈成一個大圓圈。亮仔的媽媽用沙啞的聲音呼喚着：

「亮仔，乖乖，回來吧！」

「亮仔，回來吧！」孩子和大人們一邊跟着不停地呼喚，一邊用目光緊緊盯着獨角牛。他們都在心裏希望牠能飛開四蹄迅跑——據説，牛跑得越快，牠背上的孩子就越有救。

被麻子爺爺牽着的獨角牛真的跑起來了。牠低着頭，沿着打穀場咪通咪通地轉着，一會兒工夫，蹄印疊蹄印，土場上揚起灰塵來。

「亮仔，回來吧！」呼喚聲此起彼伏，像是真的有一個小小的靈魂跑到哪裏遊蕩去了。

獨角牛老了，跑了一陣，嘴裏往外溢着白沫，鼻子裏噴着粗氣。但這畜牲似乎明白人的心情，不肯放慢腳步，拚命地跑着。扶着亮仔不讓他從牛背上顛落下來的，是全村力氣最大的一個叔叔。他曾把打穀場上的石磙抱起來繞場走了三圈。就這樣一個叔叔也跟得有點氣喘吁吁了。又跑了一陣，獨角牛哞地叫了一聲，速度猛地加快了，一躥

一躥，屁股一顛一顛，簡直是在跳躍。那個叔叔張着大嘴喘氣，汗流滿面。他差點趕不上牠的速度，險些鬆手讓牛把亮仔掀翻在地上。

至於麻子爺爺現在怎麼樣，可想而知了。他臉色發灰，尖尖的下巴不停地滴着汗珠。他咬着牙，拚命搬動着那雙老腿。他不時地閉起眼睛，就這樣昏頭昏腦地跟着牛，臉上滿是痛苦。有幾次他差點跌倒，可是用手撑了一下地面，跌跌撞撞地向前撲了兩下，居然又挺起身來，依然牽着獨角牛跑動。

有一個叔叔眼看着麻子爺爺不行了，跑進圈裏要替換他。麻子爺爺用胳膊肘把他狠狠地撞開了。

牛在跑動，麻子爺爺在跑動，牛背上的亮仔突然吐出一口水來，緊接着哇的一聲哭了。

「亮仔！」人們歡呼起來。孩子們高興得抱成一團。亮仔的媽媽向亮仔撲去。

獨角牛站住了。

麻子爺爺抬頭看了一眼活過來的亮仔，手一鬆，牛繩落在地上。他用手捂着腦門，朝前走着，大概是想去歇一會兒，可是力氣全部耗盡，搖晃了幾下，撲倒在地上。有人連忙過來扶起他。他用手指着不遠的**草垛**①，人們立即

---

① 草垛：整齊堆放的草堆，例如一團團捆成四四方方的草堆。

明白了他的意思：他要到草垛下歇息。

於是，他們把他扶到草垛下。

現在，所有的人都圍着亮仔。這孩子在媽媽的懷裏慢慢睜開了眼睛。媽媽突然把他的頭按到自己的懷裏大哭起來，亮仔自己也哭了，像是受了多大的委屈。人們從心底舒出一口氣來：亮仔回來了！

獨角牛在一旁哞哞叫起來。

「拴根紅布條吧！」一位大爺説。

這裏的風俗，凡是在牛救活孩子以後，這個孩子家都要在牛角上拴根紅布條。是慶幸，是認為這頭牛救了孩子光榮，還是對上蒼表示謝意而掛紅？這裏的人並沒有一個明確的説法，只知道，牛救了人，就得拴根紅布條。

亮仔家裏的人，立即撕來一根紅布條。人們都不吱聲，莊重地看着這根紅布條拴到了獨角牛的那根長長的獨角上。

亮仔已換上乾衣服，打穀場上的緊張氣氛也已飄散得一絲不剩。驚慌了一場的人們在説：「真險哪，再遲一刻……」老人們不失時機地教訓孩子們：「看見亮仔了嗎？別到水邊去！」人們開始準備離開了。

獨角牛哞哞地對着天空叫起來，並在草垛下來回走動，尾巴不停地甩着。

「噢，麻子爺爺……」人們突然想起他來了，有人便

走過去，叫他，「麻子爺爺！」

麻子爺爺背靠草垛，臉斜衝着天空，垂着兩隻軟而無力的胳膊，合着眼睛。那張麻臉上的汗水已經被風吹乾，留下一道道白色的汗跡。

「麻子爺爺！」

「他累了，睡着了。」

可那頭獨角牛用嘴巴在他身下拱着，像是要推醒牠的主人，讓他回去。見主人不起來，牠又來回走動着，喉嚨裏不停地發出嗚嗚的聲音。

一個內行的老人突然從麻子爺爺的臉上發現了什麼，連忙推開眾人，走到麻子爺爺面前，把手放到他鼻子底下。大家看見老人的手忽然控制不住地顫抖起來。過了一會兒，老人用發啞的聲音說：「他死啦！」

打穀場上頓時一片寂靜。

人們看着他：他的身體因衰老而縮小了，灰白的頭髮上沾着草屑，臉龐清瘦，因為太瘦，牙牀外凸，微微露出發黃的牙齒，整個面部還隱隱顯出剛才拼搏着牽動獨角牛而留下的痛苦。

不知為什麼，人們長久地站着不發出一點聲息，像是都在認真回憶着，想從往日的歲月裏獲得什麼，又像是在思索，在內心深處自問什麼。

亮仔的媽媽抱着亮仔，第一個大聲哭起來。

「麻子爺爺！麻子爺爺！」那個力氣最大的叔叔使勁搖晃着他——但他確實永遠地睡着了。

忽地許多人哭起來，悲痛裏含着悔恨和歉疚。

獨角牛先是在打穀場上亂蹦亂跳，然後一動不動地臥在麻子爺爺的身邊。牠的雙眼分明汪着潔淨的水——牛難道會流淚嗎？牠跟隨麻子爺爺幾十年了。麻子爺爺確實鋸掉了牠的一隻角，可是，牠如果真的懂得人心，是永遠不會恨他的。那時，牠剛被賣到這裏，就碰上一個孩子落水，牠還不可能聽主人的指揮，去打穀場的一路上，牠不是賴着不走，就是胡亂奔跑，好不容易牽到打穀場，牠又亂蹦亂跳，用犄角頂人。那個孩子當然沒有救活，有人歎息說：「這孩子被耽擱了。」就是那天，牠的一隻角被麻子爺爺鋸掉了。也就是在那天，牠比村裏人還早地就認識了自己的主人。

那個氣力最大的叔叔背起麻子爺爺，走向那片林子，他的身後，是一條長長的默不作聲的隊伍……

在給他換衣服下葬的時候，從他懷裏落下一個布包，人們打開一看，裏面有十根紅布條，也就是說，加上亮仔，他用他的獨角牛救活過十一條小小的生命。

麻子爺爺下葬的第二天，村裏的孩子首先發現，林子裏的那間茅草屋倒塌了。大人們看了看，猜說是獨角牛撞倒的。

那天，獨角牛突然失蹤了。幾天後，幾個孩子駕船捕魚去，在灘頭發現牠死了，一半在灘上，一半在水中。人們一致認為，牠是想游過河去的——麻子爺爺埋葬在對岸的野地裏，後來游到河中心，牠大概沒有力氣了，被水淹死了。

牠的那隻獨角朝天豎着，拴在牠角上的第十一根鮮豔的紅布條，在河上吹來的風裏飄動着……

漁翁

一

盛夏時，總有一輪巨大的赤日，在天空中炫耀着硫黃色的亮光，天氣炎熱，灼人肌膚。到了中午，那熱浪騰騰滾滾，空氣裏晃動着煙雲樣的強光，遠處的房屋與樹木，顫顫抖抖，都成了虛幻不定的影子。經常有些小旋風，把土路上的塵埃旋到空中，造成一根錐形的**蒼黃**①的柱子。河邊的蘆葦叢中，有一種聲音**怨艾**②、慘烈的怪鳥，不住聲地啼喚。天氣越熱，啼喚越烈。悶熱的天空下，似乎就只有這一單調之聲，而這單調之聲，由於是惟一的，又是持續不斷的，於是把那份燥熱感更深刻地印上人的心頭。

烏雀鎮中學有一條紀律：夏日中午，不論男生女生，一律到校午睡，不得隨意去自找陰涼之處，更不得下河游泳。午睡時，女生睡課桌，男生睡長凳。只有班長不睡。班長的任務是巡迴於座位之間，嚴加監督。這莫名其妙的紀律，不知從何年立下，至今不改。總有幾個人終於克制不住涼水的誘惑，

---

① **蒼黃**：黃綠色。
② **怨艾**：怨恨。

偷偷下河。然而，你即使上岸之後曬乾頭髮，把「不曾下過河」的樣子裝得天衣無縫，也難逃那個矮個子校長的檢驗。他先是用懷疑的目光對你一盯，然後問：「哪裏去了？」下河的便撒謊：「上廁所拉屎去了。」「是嗎？」就見他走過來，伸出那根有長指甲的小拇指，然後像用金剛石玻璃刀劃玻璃那樣，在你身上這麼一劃，你身上立即出現一道白跡。「你下河了，」他說，然後一指門外，「毒太陽下，曬一個小時。」

　　這天中午，真熱得無處藏身。趁班長趴在講台上打瞌睡的時候，我向好友馬大沛使了個眼色，兩人便從教室後門溜了出來，然後，瘋狂地直撲學校後面那條大河。離河邊還有十幾米遠，我們就開始撕扯衣服。我看到馬大沛把一顆鈕扣都扯掉了。跳進水中之後，一股陰涼頓襲全身。那一刻，我二人心中便起一個念頭：這一輩子，再也不要上岸去了。

　　我和他只管在水中浸泡與玩耍，竟然把午睡的事忘得一乾二淨，甚至忘了上課。等忽然想起，大概已是下午第二節課正上着的時候了。兩人坐在河坎上，將雙腿浸在水中，心裏想着怎麼辦。馬大沛說：「一不做，二不休，索性在河裏待一個下午。」這麼一說，兩人心裏倒踏實下來，游到一片樹蔭下，乾脆玩起「魚鷹抓魚」的遊戲來。

　　大約是在下午第三節課上了一半時，這次違章游泳，

便生出了一個故事。這個故事開頭之後，曲折蜿蜒下去，竟然持續了許多日子——

當馬大沛從水底抓我沒有抓着，又一次露出水面時，他高高地舉起手，朝我叫着：「線卡！」

我甩了甩腦袋上的水珠，問：「什麼？」

我朝他游過去時，就見他手上托着一根沒頭沒尾、似有無窮長的深棕色的線，道：「真是線卡。」

我們下意識地轉動着腦袋，察看着四周的動靜。當見遠遠有一條船行駛過來時，馬大沛馬上將線抓在手中沉沒於水裏。

我們兩人對望着，興奮不已。這裏到處是水，有水便有捕魚人。捕魚的方法很多，有旋網、絲網、拉網、搗網、扳網，有籪①和罾②等。有一種捕魚方法最蹊蹺：把一條小船刷成白色，晚上，把它撐到河心，月光照着小白船，小白船就閃閃發亮，一種叫「白跳」的魚，就會從水裏躍起，在月光下翻一個好看的跟頭，跌落在船艙裏。這地方上的人，並不把鱖魚這樣的魚看得很值錢，最喜歡的是鯽魚。婚喪嫁娶，酒席上必有一碗鯽魚。這裏有一種特別的捕鯽魚的手段：在一盤長達一兩里地的線上（線用豬血反復染過），每隔四五尺遠，攔腰拴一根長一公分的細竹枝。

---

① 籪：插在水中的竹柵，用來捉魚、蝦、螃蟹等。粵音斷。

② 罾：四邊有支架的方形魚網。粵音曾。

漁翁

那竹枝兩頭削尖，並柔軟得可以彎曲，直至兩頭相碰。然後用手一捏，削尖了的兩頭戳住一粒泡脹了的小麥。那竹枝叫「卡」，加上那根長線，全名叫「線卡」。卡在水中晃動着，覓食的鯽魚見一粒金黃肥胖的麥子，認為好吃，便會過來一口吞下。此時，麥粒一下子脫落下來，那富有彈性的卡就會一下張開，一下子橫在了鯽魚的嗓子裏，牠就被卡住了。起初，牠不明白突然間發生了什麼，想從卡上甩下來。甩了一陣，見無用，便開始掙扎。掙扎了一通兒，終於沒有了力氣，並且明白自己遭了難逃的劫難，於是只好像樹上的果實那樣，老老實實地掛在了線上。這一帶的水面上，總能看到捕鯽魚的小漁船。一天撒兩回線卡，上下午各一回。上午約在十點鐘的光景撒，收卡約在下午四點鐘。收完卡，便把船停在大橋下或樹蔭下開始穿麥粒，到傍晚時差不多穿完，天黑時再撒下，隔一夜，第二天一早再收卡。撒一次，大約兩盤線。收卡那一陣，是一段快樂時光。捕魚人不住地往上收線，不時地就會看到一條鯽魚在水中忽閃。捕魚人把手伸進水中，很有分寸地把鯽魚握在手中，然後摘下，放在盛了清水的船艙裏。碰到大一點的，就會伸出一張罩網，把牠先網在網中，然後將其摘下。有的地方水草多，鯽魚掙扎時，會把線卡七纏八繞地與水草攪成死結。每逢這時，不能硬拽。捕魚人會伸出一把裝有長柄的好看如月牙的鐮刀，在水中將水草割斷。這

時，隨着幾根綠絲帶一樣的水草漂起，一條鯽魚也在水中泛着銀光。捕魚人心情快活，就會眼睛很亮地哼起水上的小調。

我很小時就喜歡看小漁船，看捕魚人很瀟灑地撒卡與收卡。

此刻，我心頭忽地生出一個慾望：這回，我要自己收一次卡。我望着馬大沛：「你敢收卡嗎？」

那馬大沛心頭的慾望比我還大：「我有什麼不敢收的？我正想收呢。」說罷，便朝前收去，線卡就不斷地從他的手中滑過。

「讓我收一會兒。」

馬大沛不肯：「讓我先收一會兒。」

水中翻起小小的浪花，隨着馬大沛的前行，一條鯽魚出現在水面上。牠在陽光下翻滾，銀光粼粼，讓人更增一番激動。

馬大沛的手有點顫抖，聲音也有點顫抖：「朱環，去弄一根柳枝，我好穿魚。」我又看了一眼那條鮮活的魚，忙游到岸邊去，從柳樹上扯下一根柔韌的枝條。當我再回到馬大沛身邊時，水面上又有一條鯽魚在翻滾了。那鯽魚性大，打起一團團小水花。馬大沛手中的線鬆了一下，牠便往前游去，線立即就繃直了。因為力量的緣故，牠的游動幾乎飛出了水面，那形象真是生動。

「讓我收一會兒。」

「不。」馬大沛瞪着兩隻發亮的眼睛，望着那兩條依然沒有用盡力氣的魚。

「去你的吧，」我把他推到一邊，將柳條扔給他，「你摘魚，我收卡。」

他只好把線卡讓給我。他摘第一條魚時，那魚做最後一次掙扎，居然從他手中鑽出，在空中畫了一道銀弧，跌落在水中逃走了。

「你笨得像頭豬。」

馬大沛再摘下第二條魚時，就很用勁攥着，等穿到柳條上之後，那魚居然死了。

我收卡，馬大沛管摘魚往柳條上穿，不一會兒工夫，柳條上就穿了五條魚。馬大沛將柳條拴在褲腰裏跟着我，不時地說：「讓我收一會兒吧。」

不知收了多久，突然地，我猶豫了起來，環顧四周後問道：「還收嗎？」

「收。」馬大沛說完，把線卡從我手中奪了去。

現在是他收卡，我管摘魚、穿魚。

那魚太誘惑人，使我們不肯立即放棄收卡。我們現在能做的，就是不停地迅捷地收下去。馬大沛做事膽太大，又太魯莽。他竟像拽一根粗繩索一樣拽着線卡，身體把水弄得嘩啦啦，嘴裏還興奮得不住地罵。那些不斷出現的黑

脊背和金黃脊背的魚，那一條條躍動着的小小生命，使我二人處在一驚一乍、忘記一切的狀態裏。我們一點想不起來，那線卡是捕魚人的，我們是不能收的，那線卡是捕魚人的惟一謀生手段。我們不顧一切地拽着（不能叫「收」），把那線卡弄得亂七八糟。我們一點也不怕糟蹋了它。渾蛋的馬大沛好幾次因為魚把線纏在水草上而拽不動，居然野蠻地把線卡往胳膊肘上一繞，然後猛一拽，不是拽起許多水草來，就是把魚拽脫了，要不就把線拽斷了。如果是拽斷了，我們就往前游去幾米，一起用腳或乾脆潛到水底下去將它再尋找到，然後繼續往前收去。

我們一直收到這條大河的盡頭。

被魚弄昏了頭的馬大沛突然地停住了：「咱們回去吧？」

「回去吧。」

他把線卡扔掉了。我們搶着往河邊游去。我們收到三串魚。游到河邊時，我們才突然地意識到，我們原來並不在意最後要弄到多少條魚，而僅僅是為了那個收卡的過程。我們扔掉了兩串魚，只留下了一串，然後由馬大沛提着上了岸。

上岸後，我們不約而同地看了一眼靜如死水的河流，然後匆匆逃離了河邊。

二

在小樹林裏，我們找來一些樹枝點着，將那一串魚烤了。但我們吃得並不香，各自印象不深地吃了吃，就走了。

我們都是住宿生。在教室上**晚自習**① 時，我總不能入神去看書或做作業。晚自習結束後，嘴裏説是上廁所，卻不由自主地走到了河邊。

遠遠地，我看見河心插了一根竹篙，拴了一條小船，一盞四方燈掛在船篷上，正在夜風中搖曳着。

我馬上就想到這是一條小漁船。

我閃到路邊，在一棵楝樹的陰影裏蹲下，仔細地向船上望着。

船頭上，坐着一個赤着上身的老頭兒。他一動不動地坐着，將頭微微向上仰着。頭上是一片蒼藍的天空。當河上吹來風時，瘦骨嶙峋的小船就會在水上晃動起來。那燈光裏，老頭兒的巨大身影就會晃動在兩邊的河岸上。

河上慢慢地飄起霧來，竹篙上的油燈變得暗淡而昏黃。

蘆葦叢裏，「紡織娘」拖着悠長的聲音，在這無聲的夏日之夜，哀怨地叫着。樹叢裏，莊稼地裏，淡紫的螢火

---

① **晚自習**：晚上到學校自習。除了正常上課時間之外，有些中國內地的中學和大學還要求學生在晚上回校自行溫習、做功課等。有些學校還規定，越高年級的學生，晚自習的時間越長，而不出席晚自習的學生當曠課論。

蟲光，幽靈一般地在閃動。在無邊無際的黑暗和寂靜裏，這小船，這油燈，這老頭兒，猶如魂兒一樣不寧地顫動着。

老頭兒咳嗽起來，聲音沙啞，蒼老無力。他越咳越劇烈，彷彿要把五臟六腑都咳出來。他的身影隨着咳嗽在燈光下聳動着。很長時間之後，咳嗽才慢慢平息下來。後來，他歎息了一聲。那一聲歎息，使人覺得，有一陣使人打顫的涼風從林子裏颳來。

我覺得有人站在了我身後，掉頭一看，是馬大沛。我們一起坐在樹蔭裏，誰也不説話。

第二天一早，我又來到了河邊。小漁船還拴在河心的竹篙上。油燈熄滅了，老頭兒還坐在船上，只不過披了一件破爛的衣服。

太陽從河灣那頭升起來了。我能清楚地看見船上的老頭兒了。他確實很老了。他的顴骨很高，眼窩很深，嘴嚴重地癟陷下去。他的脖子很細，露着一根一根粗粗的血管。他的眼神甚至比他的身體還要衰老。

船頭上，是一團亂糟糟的線卡和兩隻破了的用來盛線卡的空筐。

老頭兒轉過頭來，看了我一眼。

我轉身走了幾步，聽到他在叫我：「孩子——」

我站住了，回過頭來望着他。

「你看到是誰收我的線卡了嗎？」我搖搖頭走了，越

漁翁

走越快。

　　整整一個白天，我再也沒有到河邊來。

三

　　這位不知來自何處、口音濃重的捕魚老頭兒，沒有立即離開此地，而把船長久地停在這條河上。

　　當馬大沛看到捕魚老頭兒將船撐進蘆葦叢中時，他跑回來對我說：「他想抓住收他線卡的人。」

　　我朝大河方向望了一眼：「他到哪兒去抓這收他線卡的人呢？」

　　然而，這一天，他卻終於守到了那個所謂的偷收他的線卡並把他的線卡糟蹋了的人。

　　當時，我正在河邊上。我看見老頭兒如同一頭餓極了的老豹，從岸邊柳林裏躥出，跳上小漁船，然後往岸上一點竹篙，那船便呼啦一聲出了蘆葦叢，朝那個正在忘乎所以地收他線卡的人駛去。那線卡就是被我們糟蹋了的線卡。老頭兒故意將它留在了水中。他的動作之快，讓人驚詫。

　　收線卡的人被船頭撞了一下，發一聲尖叫，隨即扭過一張齜牙咧嘴的臉來。我一下子看清楚了那張面孔：烏雀鎮上的大鴨子。

　　大鴨子算是大人了，老頭兒很難對付他。當老頭兒將

竹篙扔在船上，彎腰一把抓住大鴨子的胳膊時，大鴨子並不立即掙脫，說：「哪兒來的一個老東西？！我對你說，你把手鬆了。」

老頭兒不鬆。

大鴨子用另一隻手指着老頭兒的鼻子：「你到底鬆不鬆？」

老頭兒卻將他的胳膊抓得更緊。

大鴨子伸出另一隻手，對着老頭兒的胸膛猛一推，老頭兒便跌倒在船裏。大鴨子用雙手扶着船幫，望着一時不能爬起的老頭兒：「老東西。」

老頭兒用手指着大鴨子：「你偷我線卡。」

「偷線卡？你是哪兒人？怎麼跑到我們這兒的河裏撒起線卡來了？」大鴨子說完，竟然用腳又鈎起了剛才滑落掉的線卡，往前收去。

老頭兒從船裏爬起來，伸出雙手，揪住了大鴨子的頭髮。這樣，大鴨子不太好掙脫了，哎喲哎喲地叫喚着。老頭兒不住地說：「我要我的線卡，我要我的線卡……」

不知是誰傳去消息，烏雀鎮中學的學生們都擁到了河邊上來看熱鬧。

大鴨子一時掙脫不了，心裏很惱火，對着岸上的學生罵起來。學生們見他的面孔扭曲得很滑稽，就都笑了起來。大鴨子不肯在這麼多目光下顯得**熊樣**[①]，就竭力掙

扎。但老頭兒死揪不鬆。因為在老頭兒看來，大鴨子毀了他的命根子。於是，大鴨子就像老頭兒幾十年來頭一回捕到的一條如此巨大的魚，把小漁船一會兒拖到這兒，一會兒拖到那兒，卻就是掙脫不了老頭兒那鷹爪一樣的雙手。大鴨子不掙脫了，又歪着面孔罵岸上的學生。學生們又大笑起來。大鴨子認識我，指着我道：「朱環，你記着，你也笑了。」

笑聲忽然稀落下來，幾個還在笑的互相望了望，也不笑了，並在人羣中矮了下去——眾人突然意識到他們笑的是大鴨子，而大鴨子是不能被笑的。

大鴨子不讀書，是烏雀鎮上一個游手好閒分子。他有三個哥哥，一個比一個霸道。烏雀鎮上的人，不敢得罪他們兄弟四人中的任何一個。得罪了一個，就等於得罪了四個。得罪了四個，你就絕不會有好的結果。而這時，烏雀鎮上是不會有一個人站出來為你說句公道話的，倒有不少人會趁機鑽出來討好他兄弟四人。從這個意義上講，誰得罪了他兄弟四人，就等於得罪了全體烏雀鎮人。

大鴨子在一片寂靜中望着我們：「怎麼不笑了？笑呀！」

這時，我們看到老頭兒在張着大嘴喘氣了——長時

---

① **熊樣**：北方方言的口語，指被人欺負、懦弱、窩囊，帶貶意。

間地揪住大鴨子，顯然嚴重耗費了他老弱軀體中所有的力氣。

大鴨子卻閉起雙眼，漂浮在水上，彷彿是一條死了的大魚。而就在老頭兒略有鬆懈且實在力氣不足之時，他揮起一拳砸在了老頭兒的臉上，一下從老頭兒的雙手下掙脫了出來。他奮力游出兩丈遠後，卻並不想逃跑，而是掉頭，面對着老頭兒。作為對老頭兒的報復，他用最下流的語言來侮辱老頭兒。

赤日下，老頭兒站在那條瘦小的漁船上。他在哆嗦。於是，我們看到那隻小船也在哆嗦，船四周的水也在哆嗦。

大鴨子叫道：「你來呀，你來呀。」

老頭兒站着不動。

大鴨子喝了幾口水，道：「我就是要收你的線卡，我要摘下一條一條的魚，我還要把線卡搞壞，搞壞！」他一邊說，一邊做着收線卡、摘魚和將線卡胡亂糟蹋的動作來。

老頭兒撿起竹篙，將船撐向大鴨子。

大鴨子給了老頭兒一個嘲笑，**扎個猛子**[①]不見了。

老頭兒在水面上尋找着，大鴨子卻在他的身後鑽出了

[①] **扎猛子**：游泳時，頭向下鑽進水裏。

水面：「老瞎子，我在這兒。」

老頭兒轉過身，撐船又去追。

大鴨子又扎個猛子，隱藏了自己。他很有興致地與老頭兒在水裏玩着這種遊戲，並不時地朝我們笑笑。他覺得，有這麼多人在看他的表演，是一件愜意而富有快感的事情。

老頭兒沒有力氣再去追趕他了，就無可奈何地放下竹篙，坐在船上。

大鴨子失望了一陣，也想結束這場遊戲了。但他不願就這麼沒有聲色地結束。他叫道：「老頭子，你看呀！」他用力一蹬雙腳，往空中躥了一下，隨即頭朝下，扎進水中，把身體倒了過來。這時，眾人才發現，大鴨子原是光着屁股的。

女生們尖叫了一聲，紛紛逃散。

大鴨子的屁股很白，兩大瓣，半沉半浮地展現在眾人面前。

岸上的人都很出神地看那兩大瓣浮在水上的白屁股。

大鴨子又正過身體：「老頭子，你哪兒來的還到哪兒去吧，快滾吧。」說完，又倒過個，將白屁股半沉半浮地展現在眾人面前，但多了個用雙手拍屁股的動作。

用雙手拍屁股，是這地方的一種蔑視和具有侮辱性的動作。

大鴨子不見了，過了一會兒，他從蘆葦叢中露出腦袋，然後穿了褲衩，心滿意足地回鎮上去了。

老頭兒坐在船上，動也不動。有點風，船向我們這邊漂過來。

「他叫什麼名字？」老頭兒問。

有人回答：「大鴨子。」

「家住哪兒？」

「在鎮上。」

老頭兒點了點頭，還是坐着，任風將船一點一點地漂走。

四

老頭兒找到了大鴨子家。他不光要求大鴨子家賠他的線卡，還要求大鴨子家向他賠禮道歉。兄弟四人聽了，笑得東倒西歪：

「你有沒有搞錯啊，你是哪兒人？」

「到我烏雀鎮找不自在來了。」

「識相的，就快走，省得人動手腳。」

「一個老烏龜！」

老頭兒便衝進屋裏，並立即將自己放倒，躺在了屋子中央。

「把這老無賴弄出去。」大哥説。

兄弟們上來，給了老頭兒一些較輕的拳腳。

老頭兒就是不起來。

兄弟們就卸下一塊門板，把老頭兒抬出了門。

很多人過來圍觀。

大哥說：「不知哪兒的一個糟老頭子，他窮瘋了，**敲竹槓**① 敲到我們家來了。」

老頭兒從門板上掙扎下來，並立即重又撲回到了大鴨子家。他真是很憤怒。這回，他沒有躺下，順手摔打了大鴨子家一些東西。

「真是不識相，打！」大哥說。

兄弟們這回給了老頭兒一些重重的拳腳。

老頭兒又一次躺在了大屋中央。這回，他真是沒有力氣了。

「抬出去！」大哥說。

老頭兒又被弄到門板上。這回，他不再掙扎了。

兄弟四人抬着老頭兒，一路跟了許多人，像看一種好風景。

我擠出人羣，悄悄看了一眼老頭兒，只見他死人一樣躺在門板上。我立即縮到人羣背後，並站在了那兒不再動彈。

---

① **敲竹槓**：用藉口勒索財物，或抬高價錢。

隔了兩天，有人從河邊跑回教室說：「那老頭兒的小漁船沉了。」

我和馬大沛一起跑到河邊上看，只見小船完全沉沒了，船上用的瓢、小凳、木枕之類的東西在水面上胡亂地漂着，像遭了水難。

老頭兒目光呆滯地坐在對岸。

船被大鴨子弄了一個洞。大鴨子憤憤地說：「他把我家祖上傳下的一隻不知要值多少錢的花瓶砸碎了。」

老頭兒坐在對岸時，我和馬大沛誰也沒有離開，低頭坐在河這邊的岸上。

一隻紫蜻蜓落在了水中小凳豎起的凳腿上，翹着尾巴。那凳子的形象很難看，像一隻被扔進水中的死小豬，四爪朝天。

老頭兒竟然哭了起來，聲音很低，很難聽。

我和馬大沛走進水中，一聲不吭地把那些漂散了的東西，一件一件地撈上了岸。

老頭兒口齒不清地說：「你們兩個，都是好心的孩子，菩薩保佑你們，菩薩保佑你們……」

我們又和老頭兒一起，將沉船拉上岸來。

馬大沛說：「大爺，你修好船，就走吧。」

老頭兒搖了搖頭：「他們把我的線卡糟蹋了，還羞辱我，我不走，不走……」

回到教室上課時，我看到馬大沛的眼睛瞪得圓圓地看着講台，手卻不由自主地不停地摳桌子，把桌邊硬摳出一個豁口來，一副心思旁出的樣子。我就一直朝窗外看着，其實什麼也沒看見，心裏頭總想着那個老頭兒。老師突然叫道：「朱環！」我一驚，霍地站起來。老師問道：「你在看什麼？」我答道：「樹上有隻兔子。」於是全班同學哄堂大笑。

老頭兒真的沒走。他不再撒線卡了。他的線卡幾乎都被我們糟蹋了。他似乎無力再去購置新的線卡。他天天赤着上身，背着一個魚簍，到水溝水塘裏摸魚蝦，然後到鎮上賣掉，來維持生計。一個專業的漁翁，變成了一個一般鄉下摸小魚摸小蝦的。那副形象對老頭兒來說，是屈辱的。但老頭兒忍受着，甚至平心靜氣地去做着這一切，他要默默地留在烏雀鎮這個不屬於他的陌生地方，討回什麼。

從前在船上撒線卡，一路去，一路的好河水、好風光，那筐裏的線卡，隨着一種有節奏的動作，一圈一圈地見少，把希望與歡樂一路撒下去，再一路收回來，那一路的魚，讓老頭兒領略到了一種行當的迷人與自足。然而如今，他卻慘兮兮地到處去摸魚摸蝦，搞得自己泥跡斑斑，狼狽不堪。當我和馬大沛幾次看到這個老頭兒出現在烏雀鎮上時，我們就覺得有點無地自容。除了摸魚摸蝦、賣魚

賣蝦和在小船上睡覺以外，其他的時間，老頭兒幾乎全都用在了在鎮委會門口的靜坐上。他就那樣一動不動地坐着，赤着胸膛，默默無語，臉上毫無表情。起初，還有人來圍觀，問他一些話，到了後來，就沒人再有注意他的興趣了，彷彿他是一座大院門口的一隻已放了不知多少年、司空見慣的石獅子。期間，有人向他說過幾句公道話，但老頭兒從他們的口氣裏聽出來了，那是在戲弄與調笑他。他給了他們一個白眼之後，再也不肯去搭理他們，依然那樣欲千古不變地坐在鎮委會的門口。老頭兒要以他單薄一人與大鴨子一家作戰，與整個烏雀鎮作戰——用他的方式。

很少有人注意到，老頭兒在一日一日地瘦弱與衰老着。

夏天過去了，秋天又即將過去，冬天快來臨了。烏雀鎮上的人，忽然發現老頭兒有好幾天不到鎮上來了。「老頭兒恐怕走了。」有人說。於是，烏雀鎮上有些人在心裏停頓了一下，覺得烏雀鎮的人似乎有些欠妥的地方，但也沒有太深刻地盤旋這一念頭，也就過去了。其實老頭兒並沒有走，他病倒了。他在那條小船上無望而又很有耐心地躺着。只有我和馬大沛常去看他。我們用瓦罐給他煮粥，給他帶去幾隻鹹鴨蛋或一小瓶鹹菜。做這一切時，我們也默默無語。老頭兒的語言極簡單，只是重複那句話：「菩

薩保佑你們，菩薩保佑你們……」

五

天漸涼，老頭兒不能常到涼水中摸魚蝦了。然而老頭兒依然不走，並且到處收羅棍棒、蘆葦之類的材料。他說：「船上過冬太冷，得在岸上搭一座棚子。」

「大爺，你還是走吧。」我說。

他搖了搖頭。因為無力，他的搖頭似乎顯得有點停不住似的，一身略顯肥大的衣裳，也在晚秋的風中抖動不已。

我們無言對他。

這天晚上，全體烏雀鎮中學的學生們都聽到了從河邊上傳來的歌聲。當時天色極好，天空碧藍如洗，一輪圓月優美地掛在天空。夜行的雁陣，居然如白天一樣清晰可見。老人居然唱得有板有眼。但那是一個孤獨者的歌聲，一個漂泊者的歌聲，它使天地間起了一種悲涼與清冷。

望着他瘦削分明的淡灰色的身影，我和馬大沛默默地哭起來。

第二天，我和馬大沛請假回了家。

馬大沛把他的一大羣鴿子一隻不落地全都捉進了一隻大籠子裏——他要賣掉牠們。我知道，馬大沛玩鴿子，已玩得很上癮了，他不能看見鴿子，一看見鴿子就邁不動雙

腿。我心中明白，鴿子的飛行、覓食、孵蛋，鴿子的所有一切神態與舉動，在馬大沛眼中與心裏，都有別人無法領略的情致。然而，他卻把他百看不厭的鴿子全都拿到了烏雀鎮上，對集市上的人們叫着：「賣鴿子！賣鴿子……」

距他幾米站着的我，卻像從前一個破落的武士，在賣一把刀。那把刀是我在一座古墳場裏胡亂挖掘偶然獲得的。若是留它到今日，也許會被行家斷定出是一把價值連城的古刀。當時我也已經覺得它一定是件很珍貴的東西了。我很喜歡它，總將它掛在我的牀頭上。我也曾不止一次地很玄虛地向同學們吹噓過那把刀，說它是哪一個朝代的。我用一塊布將刀擦得很亮，問路過的人：「買這把刀嗎？一把古刀。」

馬大沛的鴿子一隻一隻地被賣掉了，還剩下最後兩隻時，他捨不得地看了看牠們，又看了看我，那眼神在說：都賣掉嗎？

我說：「這兩隻就別賣了。賣了，你就一隻鴿子也沒有了。」

但是，他還是將牠們賣了。

我的刀，我自己不識得，普通鄉下人當然也不識得。在他們眼裏，那把刀與一把砍柴刀也差不太多。但我在心裏認定它是值幾個錢的。到下午時，鎮文化站的站長來了，將刀拿過去左看右看，然後說：「我也說不好這刀

到底值幾個錢，這樣吧，我給你二十塊錢，我將它送到縣博物館去。不值二十塊錢呢，我不後悔。萬一人家博物館說，這刀不是錢可買得的，你也別後悔。」我把刀抓在手中好長一陣時間捨不得鬆手。站長說：「那你就自己留着吧。」我說：「不，賣給你。」

馬大沛賣鴿子得十五元，我賣刀得二十元，加起來共三十五元。三十五元錢在當時，已不算是小數目了。我們把這三十五元錢數了又數，覺得它能給我們贖罪了。這麼想着，沉重、負疚了好幾個月的心，忽然變得輕鬆起來。

黃昏時，我們走到了老頭兒的面前。

「大爺，你離開這裏吧。」我說。

老頭兒還是很固執地搖了搖頭。

「大鴨子沒有糟蹋你的線卡。」馬大沛說。

老頭兒吃驚而疑惑地望着我們。

我把三十五元錢放在他手中：「那天的線卡，是我們收的，是我們糟蹋的。」

老頭兒笑了起來：「你們這兩個孩子，心太好。你們是想讓我走。」

「不，大爺，那線卡真是我們收的，我們糟蹋的。」於是，我和馬大沛把那天的細節一一回憶給他聽。

老頭兒慢慢蹲了下去。

我們站在那兒不動。

老頭兒搖了搖頭：「走吧。我哪兒會想到是學堂裏的學生收了我的線卡，糟蹋了我的線卡呢？」他始終不看我們一眼。

我們走開了。

第二天，校長把我們叫了去，説那個捕魚的老頭兒留下了三十五元錢，説是還給我們的。我們立即跑向河邊，但河上空空的，老頭兒和他的小船都不在了。我和馬大沛坐在河岸上等着，從早上一直等到天黑，也沒有等着。他永遠地走了，不知他去了哪兒。

有水，就有他的生路，就有他的家吧？

細米（節錄）

（榮獲中國作家協會第六屆全國優秀兒童文學獎）

一

稻香渡的冬天，是以一場細而柔軟的小雪開始的。因為地面還未凍透，因此，那場雪剛落下就化掉了。但隨後的風，使人明確起來：冬天來了。

到處是枯葉與敗草，到處是殘梗與斷枝，往日穿梭於樹林間，但聞其聲不見其影的烏鴉、喜鵲、鵪鶉與灰喜鵲，因失去了枝葉的遮擋而完全暴露在人們的視野裏。

或許是因為穿了冬裝，或許是因為生活的安定，**梅紋**[1] 看上去好像胖了一些。那張顯得有點蒼白的臉，在冬天的寒冷裏顯得很紅潤。

這天傍晚，與往常的傍晚並無兩樣。

梅紋和**紅藕**[2]、琴子等幾個女孩在教室門口的空地上玩跳格子的遊戲。

---

[1] **梅紋**：原本住在蘇州的知識女青年，被派到稻香渡這個鄉村地方勞動，後來在稻香渡中學當教師。她在稻香渡的時候，住在學校宿舍裏，與其他教師每日到校長家吃飯，因而常與校長杜子漸的兒子細米見面。梅紋發現細米有雕塑的藝術天賦，決意栽培他，漸漸與細米建立起亦師亦友的關係。

[2] **紅藕**：鄉村女孩，細米的表妹，與細米一起長大，喜歡跟着細米。

這種時候，女孩們並不將她當老師看，而將她看成是她們其中的一個。她們玩得很認真，很投入，也很快樂。她們還不時地發生爭執，這一方說那一方「賴」，而那一方則說這一方「賴」，有時嚷嚷的聲音還很大，其中一個氣生大了，說：「你們賴，我不玩了。」嘴裏這麼說着，心裏並沒有打算真的退出，而其他人明明也知道她不會掉頭走掉的，卻都來哄她：「讓你讓你。」梅紋與紅藕她們一樣，也是很計較的，也會說：「我不跟你們玩了。」紅藕她們就會過來，抱住她的胳膊央求她：「讓你一回還不行嗎？」她這才重新回到遊戲裏。

正玩着，琴子說：「毛鬍子隊長來了。」

毛鬍子隊長是急匆匆地走進校園的。他沒有看到梅紋正與紅藕她們在這兒玩跳格子，直往辦公室而去，見了**林秀穗**[①]，問：「梅老師在哪兒？」

林秀穗說：「在那兒與紅藕她們玩呢。」見毛鬍子隊長一臉的嚴峻，追問道，「怎麼啦？有什麼急事嗎？」

毛鬍子隊長一邊往梅紋那兒走，一邊問：「杜校長呢？」

林秀穗說：「杜校長大概在家裏。」

毛鬍子隊長的腳步聲撲通撲通地響。

林秀穗回頭對在辦公室批改作業的老師們說：「好像

---

① **林秀穗**：稻香渡中學的教師。

出什麼事了。」

林秀穗跟了過來，其他老師也都放下作業本跟了過來。

毛鬍子隊長見了梅紋，説：「梅老師，你和我一起到杜校長家去，我這裏有話要對你講。」

梅紋有點吃驚地望着毛鬍子隊長。

毛鬍子隊長只顧自己走在前頭，也不管梅紋有沒有跟過來。

梅紋將跳格子用的花布包包放到紅藕手裏，跟在毛鬍子隊長身後。

毛鬍子隊長進了院子，看見了**細米**①，問：「細米，你爸呢？」

「我爸在屋裏。」細米轉身朝屋裏喊道，「爸，有人找！」

杜子漸聞聲走到門口時，毛鬍子隊長也已走到門口。

「什麼事，隊長？」杜子漸一眼就看到了毛鬍子隊長臉色不對。

毛鬍子隊長回頭看見梅紋正走進院子，沒有立即回答杜子漸，直等到梅紋走近了，才説：「有件事……」他對

---

① **細米**：鄉村少年，愛臉紅，與父母同住在稻香渡中學的宿舍裏。常因到處亂刻亂畫而被責罵，後來得到梅紋的勸導，認真對待雕塑創作。

梅紋説，「我説了，你先別緊張，也許不會有什麼事。剛才接到公社一個電話，説他們接到蘇州一個電話，讓梅老師立即回蘇州一趟。」他看着梅紋，不再叫她「梅老師」，而改叫「梅姑娘」，「你爸爸媽媽回蘇州，坐輪船，可能出了交通事故⋯⋯」他看着梅紋唰地變白了的臉色説，「那邊來電話，沒有説你爸爸媽媽怎麼了，只是説被救了起來，送⋯⋯送到醫院裏去⋯⋯去了⋯⋯」他擦了一下額頭上的冷汗，對細米的媽媽説，「杜師娘，你就趕緊幫梅姑娘收拾收拾東西——也不要帶太多的東西，過幾天還要回來的。」他坐在了凳子上，拔出一枝煙來，哆哆嗦嗦地點着，大口抽着。

院門口站着林秀穗、紅藕等許多人。

梅紋先是嘴唇微微顫抖着，隨即雙手與雙腿也開始微微顫抖起來。

毛鬍子隊長説：「梅姑娘，你真的不用那麼緊張，蘇州那邊明確地説了，你爸爸媽媽被救起送醫院了。你趕緊回蘇州去看看他們，過幾天，還要回來上課呢。」

眼淚已經順着梅紋的鼻樑流淌下來。

細米的媽媽過來，摟摟她的肩：「不是説了嘛，沒有什麼事。」

從河裏傳來了抽水機船的機器轟鳴聲。

毛鬍子隊長説：「快去收拾東西，我已讓他們將抽水

機船開來了，直接送梅姑娘到縣城，然後坐明天早班長途汽車去蘇州。」

細米的媽媽立即拉了梅紋，去了她的房間，林秀穗也跟過去，一起幫助收拾東西。

抽水機船停靠在碼頭上。

誰都不說話，靜靜地等待着梅紋收拾完東西出來，然後看着她上船。

細米的媽媽院裏院外地跑着，在很短的時間內，她就和林秀穗一道幫梅紋收拾好東西，並用竹籃裝了一籃子東西，有鹹鴨蛋，有今年剛收下的葵花籽等。

人羣讓開一條道，讓梅紋走上抽水機船。

杜子漸說：「別着急往回趕，你的課我會安排人來代的。」

細米的媽媽站在河邊，說：「河上風大，快到船艙裏待着。」

機器發動起來，船在離岸，不一會兒，水管開始往外猛烈噴水，船被推動，很快開走了。

梅紋沒有進船艙，而是站在船頭，轉身朝岸邊看着，揮着手。

等船走遠，毛鬍子隊長說：「杜校長，杜師娘，我現在告訴你們實話，梅姑娘她父母親都死了。那輪船超載，是條很大的河，起了大風，船翻了。她父母剛被宣布

沒問題，兩個人從山裏被放出來，正高高興興地一道回蘇州……」

細米的媽媽掉頭看了一眼正在遠去的抽水機船，眼淚便下來了。

人羣散去，細米卻一直坐在碼頭的跳板上。他一直看到抽水機船被暮色所慢慢融合，卻仍坐在那兒。

河上起了水霧，往村莊與樹林彌漫着。

有人碰了碰細米的胳膊，他掉頭看到了紅藕。

紅藕遞給他一塊手帕。

他搖搖頭，繼續讓眼淚模糊着雙眼……

二

梅紋走後，細米無心上課，也無心到小屋裏去雕刻那些木頭。時間一天一天地過去，他一天比一天地思念梅紋。

媽媽在一天一天地數着日子：「你紋紋姐離開稻香渡已經七天了。」

七天了，毫無音訊。

媽媽有時會站到院門口向大路眺望，並在嘴裏念叨：「回來吧，回來吧，這兒也是你家。」

細米則會走出去更遠，到校門外去，坐在路口眺望。在梅紋離開稻香渡的日子裏，細米惟一想做的就是眺望，他能在路口一坐就是幾個小時。

稻香渡的老師們沒有一個再拿細米開玩笑。

陪伴細米眺望的是**翹翹**[1]，牠坐在細米的身旁，兩條前腿直立，一動不動地望着通往稻香渡的大路。

紅藕也會經常過來，陪伴着細米一起眺望。

眺望是默然無語的，是專注的，沒有悲哀，沒有憂傷，沒有焦躁，也沒有疲憊感，只有心底的一番思念。

冬天的田野似乎是靜止的，風車不轉了，牛歇在牛棚裏，船拴在河邊上，雲也不再飄動，烏鴉也很少飛翔，在白天的大部分時光裏，牠就那樣縮着脖子站在田埂上。

媽媽說：「你紋紋姐姐離開稻香渡十天了。」

細米眺望的時間又增長了。

有時，稻香渡中學的老師們會過來勸他：「細米，外面天冷，回去吧。過幾天，她就會回來的。」

誰也勸不動細米。

稻香渡的男女老少都看到了這個景象：一個男孩盤腿坐在路口，靜靜地眺望着。

由於坐的時間太長，雙腿已經麻木，每次細米從地上起來時，都會有很長一陣時間走不了路。

紅藕擔心地問：「她不會不回稻香渡吧？」

細米沒有回答，但他卻在心裏說：「她會回來的。」

---

[1] **翹翹**：細米收養的狗。起初被路過稻香渡的船隻拋棄，後被人襲擊險死，幸得細米相救。

　　紅藕望着大路，安慰着細米，也安慰着自己：「她會回來的，她還沒有把那盤格子跳完呢。」

　　細米點點頭。

　　紅藕問：「你説明天會回來嗎？」

　　細米説：「明天不回來，還有後天。」

　　紅藕説：「後天不回來，還有大後天。」

　　這兩個孩子就坐在路口上猜測着，猜測了一陣之後，就會再度回到無聲的狀態裏。

　　這天黃昏，細米的視野裏出現了一個人影，這個人影一出現時，他的身子像被電觸了一下。他不敢相信那是梅紋，便還堅持着坐在那裏，但他的心跳一下加快了。

　　那個人影越來越大，也越來越清晰。

　　細米再也沉不住氣，一下從地上站了起來，但他沒有立即向前跑去。

　　那個人正朝這邊走來。雖然已是黃昏，但已經看出她是個女孩，並且肯定是一個城裏的女孩——只有城裏女孩走路才是這副模樣——就是梅紋平時走路的那副模樣。

　　「是她！」紅藕指着來人説。

　　還沒有等紅藕將話説完，細米已經衝了出去。他的腿有點麻，因此，他在跑動時，腿有點跛。

　　翹翹緊緊跟着他。

　　細米沒有從通常走的路上跑過去，而是抄一條最近的

路，向來人跑去。當他穿過一片樹林時，樹枝撕破了他的衣服，並劃傷了他的臉。

紅藕在後面追趕着：「等等我！等等我——」

他呼哧呼哧地喘息着，將紅藕遠遠地甩在了身後。「回來了，回來了……」他一邊跑着，一邊在心中絮絮不休。

那個人已經走到了林子邊。

細米即將衝出林子時，腳下被露出地面的樹根絆了一下，他打了個趔趄，努力想穩住失去平衡的身體，但最終還是未能遏制住跌跌撞撞，雙手向前，撲倒在了路上。這時，他聽到有人呀的一聲驚叫，但他被摔暈了，一時竟不能爬起來。

紅藕正穿過樹林向這邊跑來。

細米聽到一個陌生的但與梅紋的聲音一樣好聽的聲音在他耳邊響起：「你沒有事吧？」

細米睜開眼睛，看到了一雙腳。

紅藕跑出了樹林，愣住了：來人並不是梅紋。

細米用雙臂支撐起身體，紅藕跑過來，與那個女孩一起，將他從地上拉起。

細米看清了那個女孩，羞愧地低下了頭。

女孩後面走來了一個扛包的孩子，紅藕認出了他：「毛頭！」

毛頭問：「你們怎麼在這兒？」他望了一眼那個女

孩，説，「這是我表姐，從上海來我家玩，我是去接她的。細米，你的臉上流血了。」

毛頭和他的表姐走後，細米坐在路邊上，不肯再回家了。

紅藕站在他身邊，不住地説：「回家吧，你回家吧……」

又過了十天，就在這個跌倒的地方，細米終於接到了梅紋。

她一臉蒼白，身體十分瘦弱，嘴唇裂開，沒有一點兒血色。她的辮梢上紮着一根白布條，當時風大，白布條在風中不住地飄動。

在走向稻香渡中學時，她的一隻胳膊搭在細米的肩上，另一隻胳膊搭在紅藕的肩上。

杜子漸、細米的媽媽以及稻香渡中學的全體師生都站到了校門口……

三

梅紋回來後躺倒了，一躺就是一個星期。她心裏想起來，可是身子卻不由她。

她瘦成一片蘆葦葉兒，蓋着被子卻看不出被子底下還有個人。細米的媽媽用熱毛巾給她擦擦臉，説：「你先別惦記着起來。」

她只好躺着，但並無困倦。悲哀已經淡去，只是不時地心會被一種什麼東西所觸動，那時，薄而涼的淚水就會慢慢流出。白天，她都是醒着的，夜裏也不怎麼睡得着。她並不焦躁，無論是白天還是夜晚，都顯得十分安靜。

她會想起青色的蘇州城，可它似乎正在記憶中遠去。想起它時，她會有一點點心痛，但並不深刻。

早晨，陽光照進屋裏，她會長久地注視着窗前桌子上所放着的兩件東西：一塊木料，一隻小巧玲瓏的箱子。

那天，她去認領從水中打撈出來的遺物時，在牆角上看到了這塊木料。很顯然，人們並沒有將它看成是遺物，以為是隨水漂來的，只是覺得是塊不錯的木料，才順便撈了起來。她一眼就認出了這塊木料是屬於父親的。她好像曾經見過這塊木料似的，其實她只是在父親的信中聽父親說起過。她認領了它。

這塊木料，與其說它是塊木料，還不如說它是塊鐵——鐵的顏色，鐵一般沉重。

陽光下，它泛着鐵一般的光澤。

那隻小巧玲瓏的箱子，是她從那座青瓦小樓裏取出的惟一的東西：那是父親出訪歐洲時帶回的一套雕刻刀，是父親最鍾愛的一套。

紅藕她們幾個女孩會不時地來到她的房間。她們會嘰嘰喳喳地向她說班上的事，說學校的事，說稻香渡的事。

她聽着，有時會微微一笑。

紅藕對她説：「等你好起來，我們一起跳格子。」

琴子説：「那盤格子還沒跳完呢。」

紅藕説：「你還差兩步。」

她笑笑，點點頭……

細米的媽媽對梅紋的照顧是無微不至的。這些日子裏，她對梅紋的憐愛已到了極致。這種憐愛感染了稻香渡的全體老師與學生，也感染了稻香渡的全體村民。

梅紋羞澀但卻又很坦然地接受着細米的媽媽所給予她的一切愛撫與照顧。

還有郁容晚溫暖的口琴聲。他從荷塘邊挪到了她的窗下。常常是夜很深了，他才離開稻香渡。

人去了，但琴聲似乎還在，像風在梅紋的屋前屋後繞來繞去。

細米在梅紋躺倒後，就一直未進過她的房間。他從媽媽的臉色、情緒與忙碌裏，感受着梅紋。這幾天，他老坐在門檻上，望着白柵欄想什麼心思。

媽媽問：「細米，你老發什麼愣？」

細米問：「媽媽，湖裏還會有那種金鯉魚嗎？」

「大概還是有的，但已很少了。我都好幾年不見這種魚了，還是在你八歲那年你生病時買到過一條。」

細米記得，八歲那年他生了一場大病，瘦弱得像隻猴，

也是躺在牀上起不來。後來，媽媽買到了一條那種魚，熬了湯。説來也真是神奇，他連喝了幾頓那種魚湯，身體竟然一天一天地有了力氣。

媽媽説：「這魚，是這地方的稀罕物。聽你爸説，就我們這兒的湖裏有，別的地方還沒有呢。」

細米還依稀記着這種魚：金色的，嘴巴翹翹的，有四個鼻孔，尾巴是透明的，像玻璃。

媽媽忙，沒有往深處想細米問這個幹什麼。

細米也不想告訴媽媽他要幹什麼。他要悄悄地去做一件事：從湖裏網一條金鯉魚。他認定只有這條魚能使梅紋的身體恢復氣力。他從紅藕家借了漁網。天還未亮，他就溜出家門，扛着**頭天**① 就在草垛下藏着的網出發了。走了幾步，他還回頭看了一眼梅紋房間的窗子。

只有翹翹知道他要去幹什麼，牠在他身前身後地跑着，一副很興奮的樣子。

夜裏下了一場大雪，田野灰白一片。

雪在他腳下咯吱咯吱地響着，很動聽。走了幾步，他感到耳朵凍疼了，便放下了帽子。漁網很長，漸漸在他肩上顛散，**耷拉**② 在了雪地上。他整了幾次，但都是不一會兒又顛散了，又耷拉在雪地上。他懶得再去整它，乾脆就

---

① **頭天**：前一天。
② **耷拉**：下垂的樣子。

讓它耷拉在雪地上。漁網從雪地上拖過後，留下了一道長長的印跡，像夏天天晴時的夜空裏一顆彗星拖着的一條長長的尾巴。

翹翹噴出的熱氣，在寒氣中變成一團團白霧。

走到湖邊，太陽出來了。

細米將網扔到頭天就藏在蘆葦叢裏的小船上，然後和翹翹一起跳了上去。

湖上結了薄冰，小船行過時，薄冰破裂成無數的碎片，並發出清脆的聲音。

在秋天已經飄盡了蘆花的蘆葦，經一夜的大雪，彷彿又重新開滿了白色的蘆花，並且比秋天的還要蓬鬆與肥大，像翹翹的尾巴。

細米蕩着雙槳，每當槳叩到水面時，薄冰就像蛋殼被敲成兩個小洞，雙槳一用力，船頭的冰就咔嚓咔嚓地斷裂，沉入水底。

細米必須要將船划到湖的中央去，因為那裏沒有結冰，好下漁網。再説，金鯉魚一般生活在深水處。

陽光已經照到了大湖，大湖金光閃爍，刺得人眼睛生疼。

小船忽然快了起來——薄冰已留在了船後。細米掉頭往回看，岸上的房屋與樹木雖然歷歷在目，卻似乎都變小了。

小船停在大湖中央，從岸上看，不像船，像一道黑色的弧線。

翹翹衝着水面叫了幾聲，細米的第一網，在他猛地一個旋身之後，已經如花盛開在陽光下，然後飄飄而下，如一片雨落進水中。他靜靜地等候着，估計網已完全沉到河底之後，才開始拉網。河水很冷，濕漉漉的網像長滿了利刺，使細米感到鑽心般疼痛，他不時地將手放在褲子上擦一下，又放到嘴邊哈幾口熱氣。

第一網打上來幾條鯽魚，他毫不猶豫地將牠們重新扔到河裏。他不稀罕這些魚，他要的是金鯉魚。

在接下來的兩三個小時裏，細米就這樣撒網、拉網，再撒網、再拉網。他內心當然希望能很快網到一條金鯉魚，但他心裏也十分清楚，這是不可能的。他必須有足夠的耐心與毅力。他往湖邊走來時，就已經想到了這一點。累在其次，主要是寒冷難當。帽子即使已經放下，兩隻耳朵仍然被凍得像要掉下來一般。兩隻手已經發紫發僵，疼痛裏含着麻木。碎冰漂向河心，隨網而上，一不小心，就會被割破手指，已幾次鮮血淋淋。開始時，細米還會將流血的手指放進嘴中吮吸一番，到了後來，索性不管了──不管也罷，過不一會兒，創口被凍住，血也就不再流淌。

在細米等待收網的那一刻空閒，翹翹都會伸出熱乎乎、紅綢一樣柔軟的長舌，舔着細米被凍僵了的手。

　　大湖裏有的是蝦，有的是各種各樣的魚，但就是沒有金鯉魚——金鯉魚彷彿已絕跡了。細米開始懷疑起來，甚至一直懷疑到從前大湖裏是否確實有過這種魚，儘管他八歲時見過這種魚，儘管這裏的人也都說大湖裏有這種魚。

　　遠遠地傳來了媽媽的呼喚聲——已是中午，媽媽在呼喚他回家吃中午飯。

　　他和船在重重的蘆葦包圍之中，誰也看不到。他沒有應答媽媽的呼喚。

　　太陽開始暗淡、失去光彩，天色與水色隨之變化，那番耀眼的明亮與潔白，正轉變為灰白，如同太陽升起之前的色調。

　　先是水面上起了皺紋，不一會兒，船便開始輕輕搖晃——風從北方吹來了。

　　蘆葦開始搖晃，身上的積雪撲啦撲啦地掉進水中，立即被溶解了。

　　細米坐在船頭上，望着正一點點變得陰沉的大湖，心裏感到有點絕望。

　　天空又飄起雪花，先是細細的尖尖的，像寒霜和玻璃碴兒，不一會兒，就豐滿起來，蓬鬆起來，茸茸的，一團一團地漫天飛舞。它們遮住了細米的視野，除了小船的周圍十幾米還能看清，其餘一切都被稠密的大雪所遮蔽。世界彷彿就只剩下一方小小的天地，就只剩下了一條船、一

張網、一個人、一隻狗。

翹翹顯然有點慌張，衝着天空飛舞的雪花汪汪叫喚。

船白了，狗白了，人也白了。

大雪反而刺激了已經疲頓了的細米，他的身體由於過度寒冷而開始發熱，他拋網的動作開始變得精彩而有力。他雙腿叉開，穩穩地站在船頭，然後將網繩在手腕上繞上幾圈，雙手將網攏住，先是試着轉旋身子，等力量運足了，姿勢把握好了，感覺也找到了，就會大幅度地來一個旋轉，隨着結實的小屁股蛋兒一扭，網便從手中飛出，飛向天空，張開，落進水中時發出唰的一聲。然後，他神情專注地看着大湖。他都能感覺到網下沉時的樣子。往上收網時，他的動作很輕，節奏十分均勻。

但撒了二十幾網之後，他的興致開始減退，而脾氣開始變得暴躁。當他又收起一網，見到又是兩條鯽魚時，他猛地一跺腳，隨即彎腰撿起一條鯽魚，一邊在嘴裏罵罵咧咧，一邊憋足了力氣，將鯽魚砸向遠處，因用力過猛，腳下一滑，身體失去平衡，差點栽進湖裏。他將另一條鯽魚扔給了翹翹。

翹翹用一隻爪子壓住鯽魚，鯽魚撲打着尾巴，牠又用另一隻爪子按住，直到鯽魚窒息而死，才美美地吃掉。

疲倦、飢餓、手腳被凍僵，加之心情焦躁，細米拋網的動作開始嚴重變形，網拋出去時，已有幾次未能充分打

開，一大團，就落進水中。

細米衝着大湖，説着：「你躲不過的！我不網到你，我就絕不撒手！你還是乖乖地入網吧！我不網到你，我就死在湖上！」然後，他就開始猛烈地跺船，咚咚聲如雷響徹了雪空。

後來，他既失去了力氣，也失去了意志，籠着雙手，斜倚在船艙裏。

翹翹趕緊跳到他身邊，為他取暖。

他呆呆地仰望着天空，任大雪落在他的臉上、身上。

風更大，船像搖籃在搖擺。有片刻時間，細米居然睡着了，甚至做了一個短短的夢。

翹翹咬住他的棉衣，使勁拉動，將他拉醒。

細米扭頭看看顏色變得越來越深的湖，在嘴裏念叨着：「魚呀，魚呀，你上網吧……」

翹翹緊緊地挨着他。

他想起了梅紋，突然抱住翹翹，將頭埋在牠潮濕的毛裏哭起來。

沒有太陽，天色昏暗，細米無法判斷現在已是一天裏的哪一時刻。但他知道，離天晚已經不遠。他不能再這樣躺下去，便用手抓住小船的邊沿，用力站了起來。就在他躺在小船船艙的這一會兒工夫，船頭上的網已經被凍住。他一扯動時，就見碎冰稀里嘩啦紛紛落下。他揉搓了幾

下，直到將網揉搓開。

網再度飛向空中。

不知不覺中，風雪停住，太陽居然又顯露出來，但已在西邊的蘆葦梢上。

湖水開始變成橙色。

當蘆葦梢已經在落日之上晃動時，細米拋出最後一網，撲通，跪在船頭上。那時，船頭正對着太陽，陽光照得他的臉紅得像一枚甜橙。

細米已無能為力，他只能向大湖祈求了。

他跪着，兩隻眼珠出奇的亮。

他就這麼跪着，一副永遠的樣子，直至被結結實實地凍住在船頭上。

湖面無一絲波紋。

翹翹一直低頭觀望着水面。

細米的手上繞着網繩，胳膊無力地垂着。

翹翹歪頭看着，並豎直了兩隻耳朵，因為牠看到了一個奇怪的情景：網繩的周圍起了細密的圓形波紋，像是網繩在輕輕地顫抖——網繩確實在顫抖，並且越顫抖越厲害，那些圓形波紋由銅板大，變成了燒餅大。

細米垂下了頭。

翹翹終於衝着水面汪汪叫喚起來，並呈現出一副要跳入水中的樣子。

細米受了驚動，掉頭看到了翹翹一副興奮與焦急的樣子，不知道發生了什麼。

翹翹從船頭跑到船尾，又從船尾跑到船頭，並不住地在喉嚨裏發出一種嗚咽聲。

細米忽然發現了繩子周圍的圓形波紋。他知道有一條大魚被網住了。但他並不特別激動，因為，他並不在乎一條普通的大魚。他站起來，將網往船頭上拉着，他拉得很慢。

翹翹不住地叫喚，並不住地在船上來回跳動與奔跑。

在網即將全部被拉出水面時，細米忽然感覺到水中似乎亮起一道金光。他渾身哆嗦起來，心更是哆嗦得厲害。他突然變得沒有一絲力氣了，兩腿亂搖，有點要站不住了，剩下的網居然再也拉不上來。

翹翹趴在船邊，竟然將兩隻爪子伸到水中，胡亂地抓撓着。

「細米，你怎麼啦？怎麼啦？」細米在心中不住地問着自己，「你沉住氣呀，沉住氣呀。」他努力着，讓自己重新獲得力量。

剩在水中的漁網忽然動彈起來，泛起一團團水花。

細米的眼前幾次閃爍着金光，他終於克制住了自己的顫抖，胳膊也漸漸有了力量。但他並沒有立即拉動漁網，他大口呼吸着清新的空氣，讓自己進一步積蓄着力量。等

完全有了把握之後，他才慢慢拉動最後的漁網……一條金色的大魚露出了水面，牠使大湖剎那間變得一片燦爛。

翹翹不再吠叫，而是讓開位置跳到一邊。

「是牠，是牠，牠來了，牠來了，牠終於來了……」細米望着牠，心中流過一股暖流。

牠安靜地躺在漁網裏。

細米突然將網提起，並立即放入船艙。

牠終於反應過來，開始蹦跳，漁網像一把傘，不住地撐起，不住地收回，又不住地撐起。

當牠再一次蹦起時，細米撲進了船艙，將牠整個兒壓在了身子底下。既是疲倦，又是陶醉，他閉起了雙眼：「你真有力呀，你跳吧，跳吧，我不怕你跳……」他壓住牠，堅決地壓住牠，直到牠安靜下來。

大約半個小時後，找他的媽媽與紅藕看到遠處的雪地上，一個人扛着網正朝她們走來。

他腕上拴着一根六七尺長的繩子，繩子的那一頭拖着一條金色的鯉魚。牠體形修長，結實而又富有彈性。牠從雪地上滑過時，金光淡淡地照亮了周圍的白雪……

泥鰍

一

這地方抓泥鰍的手段很特別：將蘆葦稈截成兩尺多長，中間拴一根線，線的一頭再拴一根不足一厘米長的細竹枝，那細竹枝只有針那麼粗細，兩頭被剪子修得尖尖的，叫「芒」，往剪開的鴨毛管中一插，穿上四分之一根蚯蚓，然後往水中一插，覓食的泥鰍見了蚯蚓張嘴就是一口，哪知一用勁吞嚥，芒戳破蚯蚓，在牠嗓子眼兒裏橫過來，牠嚥不下吐不出地被拴住了，然後可憐地翻騰掙扎出幾個小水花，便無可奈何地不再動彈了。

這地方上的人稱這玩意兒為「卡」。

傍晚插卡，一清早收卡。

十斤子和三柳各有兩百根卡。

一年裏頭能插卡的時候也就三十來天，在冬末春初。過了這段時間，水田都放了水，讓太陽烘曬，準備種莊稼了。即使仍有貯水的地方，泥鰍有了種種活食，也不再一見蚯蚓就不假思索地貪婪吞吃了。

這裏的冬末春初的田野，別有一番景致：到處是水田，水汪汪的一片，微風一來，水面皺起一道道細細的水紋，一道趕一道，往

遠處去，那水分明有了細弱的生命；風再大一些，田野上便會四下裏發出一種水波撞擊田埂的水音，柔軟的，溫和的，絮語樣的，田野也便不再那麼無聊和寂寞；中午若有一派好陽光一把一把灑下來，水面上便廣泛地彈跳起細碎的金光，把世界搞得很迷人、很富貴。

十斤子和三柳對這樣的田野很投入，有事無事總愛在田野上轉悠、瘋跑，或坐在田埂上犯傻、琢磨、亂想、編織荒唐的故事。若太陽暖和，便直條條地躺在鬆軟的田埂上，那時耳畔的水聲便會變得洪大起來，讓人動心，讓人迷惑不解。陽光、泥土、水、老草和新芽的氣味融合在一起，好聞得很。

當然，最使他們投入的，還是這一片片水田裏有讓人心兒一蹦一蹦的泥鰍。

但這兩個傢伙似乎很**隔膜**①。

十斤子的身體像榆樹一樣結實，細短的眼縫裏，總含有幾分「陰謀詭計」，平素風裏土裏地滾，又不喜清洗，黑皮膚便更黑，太陽一曬，如同緊繃繃的牛皮。他常用那對不懷好意的眼睛去瞟、去瞥、去盯那個三柳。

性情怯懦的三柳抵不住這種目光，便低下頭去，或遠遠地避開他。

① **隔膜**：情意不相通，彼此不了解。

今天他們來得太早了點，太陽還老高。兩人都知道，早插卡不好，會被一種只要有陽光就要四處活動的小魚慢慢將芒上的蚯蚓啜了去，便把卡放在田埂上，等太陽落。

田野盡頭，有幾隻鶴悠閒地飛，悠閒地立在淺水中覓食。

十斤子覺得瘦長的三柳，長得很像那些古怪的鶴。當他在等待日落的無聊中，發現三柳與鶴有着相似之處時，他不禁無聊地笑了。

三柳覺得十斤子肯定是在笑他，便有點不自在，長腿長胳膊放哪兒都不合適。

太陽落得熬人，十斤子和三柳便一人占一條田埂躺下來。

天很空大，田野很疏曠，無限的靜寂中似乎只有他們兩個。

可是十斤子卻還容不下三柳。他對三柳插卡有一種本能的排斥。沒有三柳，這眼前的水田全是他十斤子的，他愛往哪兒插卡就往哪兒插，今日在這塊田插，明日就到那塊田插，那是無邊無際的自由。

十斤子又很有點瞧不上三柳：知道往哪塊田插卡嗎？知道在大風天怎麼插卡嗎？你也會插卡？！

三柳從十斤子的目光中看出什麼來了，很是小心翼翼，生怕觸犯了十斤子。十斤子先到，可以不顧三柳，只

管隨便挑塊田插；而三柳先到，卻總要等十斤子先下田，而後自己才下田。

三柳是個微不足道的孤兒，連間房子也沒有，住在久廢不用的磚窰洞裏，人們似乎有理由不在意他。

三柳也很知趣。

太陽終於沉沒了，暮鴉從田野上飛起，鼓噪着，往村後的林子裏去了。

十斤子用繩兜子提着卡，來來回回地選擇了半天，也未選定一塊田。三柳今天有點心急，想：你就慢慢選吧，反正這塊田你不會要的，今天就不等你了。想着，便第一回搶在十斤子的頭裏下了田。

十斤子心裏很不得勁，跳進一塊田就插，本來每隔五步就可插一根，他不，兩條腿不停往前蹚，將水弄得嘩啦啦響，身後翻起一條白練來，十多步下去了，才又插一根。傍晚的田野很靜，天空下只有十斤子喧鬧的涉水聲。

三柳剛插了一行，十斤子已插了一塊田。

三柳的卡還有一半未插，所有的水田就已被十斤子插完了。十斤子爬上田埂，將空繩兜往腰裏一繫，在昏沉的天色裏，朝三柳詭譎地一笑，一蹦三尺，仰天胡叫地回家了。

三柳站在水田裏愣了老一陣，只好將剩下的卡補插在自己已插了卡的田裏，那田裏就密匝匝的到處是卡了。

第二天早晨天才濛濛亮，十斤子和三柳就下田收卡了。一人提一個水桶，若卡上有泥鰍，便掄圓了，將線繞回蘆葦稈上，然後往桶邊上那麼很有節奏地一磕，泥鰍就被震落在水桶裏。十斤子故意將蘆葦稈在桶邊磕得特別響，並且不時地將並沒掛上泥鰍的蘆葦稈也往桶邊使勁磕。

而遠遠的三柳那邊，半天才會響起一下微弱的敲擊聲。

十斤子心裏有一種按捺不住的快樂，便在寂寥的晨野上，用一種故意扭曲、顫抖的聲音叫唱起來：

新娘子，白鼻子，

尿尿尿到屋脊子……

天便在他的叫唱中完全明亮了。

初春的早晨，水田裏還很冷，三柳收罷卡，拎着水桶，縮着脖子，哆哆嗦嗦地往前走。

「三柳！」十斤子叫道。

三柳站住了。

十斤子走上前來，打量着聳着肩胛、兩腿搖晃的三柳，越發覺得他像隻鶴。

「我要走了。」三柳說。

十斤子把自己的水桶故意挨放在三柳的水桶旁。他的

桶裏，那些金黃色的泥鰍足有四五斤重。而三柳的桶裏稀稀拉拉十幾條泥鰍，連桶底都未蓋住。

「喲，真不少！」十斤子譏諷地一笑。

三柳並沒有注意到十斤子的嘲諷，只是抬頭朝遠處的那棵大柳樹下望去——

樹下站着蔓。

「你在看誰？」

「……」

「她好像在等人。」

「在等我。」

「等你？」

「……」三柳提起水桶往前走，將背衝着剛露出地面的太陽，個兒越發的瘦長，像一晃一晃的麻稈兒。

隨着太陽的上升，大柳樹下的蔓變得鮮明起來，人在百步以外似乎都能感到她那對明亮動人的黑眸。

十斤子呆呆地，像隻癡雞。

二

蔓是從二百里外的蘆葦蕩嫁到這兒來的，才結婚半年，丈夫在雨中放鴨，被雷劈死在稻地裏。

從此，人們用怯生生、陰沉沉的目光看蔓。

蔓長得很有幾分樣子，全然不像鄉野間生長起來的。

她走起路來，腳步很輕盈，腰肢扭動着，但一點不過分，恰到好處；眼睛總愛瞇着，像一隻貓受到了陽光的刺激，可一旦睜大了，就顯得又黑又亮；說話帶着西邊的口音，很清純，軟款款的很入耳，這大概是因為在水邊長大的緣故。

蔓站在大柳樹下。其實，這些天，這個時候，她總站在這兒，只不過十斤子沒有注意到罷了。

蔓穿一件藍布褂兒，頭上戴着一朵白花。她的臉色在朝暉中顯得很紅潤。她把嫩葱一樣的手指交叉着，很自然地放在腹前。她寧靜地微笑着，臉上全無一絲愁容。丈夫的死似乎在她身上、心上皆沒有留下痕跡。

在她身後有十幾隻鴨，一律是白色的。丈夫死後，她把那些雜色的鴨全賣了，卻留下這十幾隻白鴨。她喜歡這樣顏色的鴨。鴨們很乾淨，潔白如雪、如雲、如羊脂。一隻隻都是金紅色的蹼，淡黃色的嘴，眼睛黑得像一團墨點。鴨們很乖，不遠不近地跟着她，嘎嘎嘎地叫。有幾隻鴨為搶一條蚯蚓在追逐，她便回過頭去責備牠們：「鬧煞啦！」

每天，她都從三柳手中接過水桶，然後把鴨交給三柳，她去小鎮上代三柳把泥鰍賣了。她總能賣好價錢。這些錢依三柳的意思，要拿出一半兒來給她做油鹽醬醋的費用，她也不硬推辭，笑笑，但只用去很少一些，其餘皆放入一個瓦罐裏替三柳存着。

三柳哭喪着臉走到她跟前。

她眉葉兒一彎，笑笑。

三柳將特別小的幾條泥鰍挑出，扔給鴨們，鴨們都已吃慣了，一見三柳放下水桶就會圍過來，見着泥鰍就搶，就奪，就叼着到處亂鑽，歡騰得很。

「總能賣幾個錢的。」蔓說，「你趕鴨走吧，院門沒關，早飯在鍋裏，洗了腿上的泥，鞋在籬笆上掛着，蚯蚓我已挖了，在那隻小黑陶罐裏。」說罷，將水桶挎在胳膊上，往小鎮上去了。

她的背影真好看，路也走得好看。

三柳望了望，便趕着鴨們上了小路。此時的三柳一掃喪氣，心情很快活，十四五歲少年的那份天真、淘氣和快樂，又都從這瘦弱的身體裏鑽了出來。他隨手撿了根樹枝，將它想像成槍，想像成馬，想像成指揮棒，一路趕着鴨，一路自玩自耍，自得其樂。走田埂，爬河堤，穿林子，很是愜意，那樣子像隻善彈跳且又無憂無慮的兔子。

常常壓抑，常常鬱悶，常常自卑，此刻，三柳將它們都掙脫了。

此刻，三柳是一個純粹的少年。

三柳甚至雙眼一閉，忘我地打起旋轉來。轉呀，轉呀，轉得天旋地旋，欲站穩不能，一頭撞在一棵大樹上，兩眼亂濺金花，一個趔趄，跌坐在地上。

鴨們驚得嘎嘎叫。

大堤上，十斤子像隻青蛙往空中蹦，伸開雙臂歡呼：「嗷——嗷——跌死一個，蘿蔔燒肉；跌死一雙，蘿蔔燒湯！」

三柳爬起來，提了提褲子，低着頭將鴨們趕到了一條偏道上⋯⋯

十斤子回到家，一上午心裏不痛快。到人家菜園裏挖蚯蚓，挖完了連土都不平，坑坑窪窪地扔在那兒，人家主人要他平上，他卻頭也不回地就走。「看我下次還讓你挖！」那主人指着他的後背發狠。「請我也不來！」他掉頭回了一句。穿蚯蚓時，又常常不小心將那尖尖的芒戳了出來。他從心裏希望此刻三柳就在他面前，他好用尖刻的話一句一句地刺激三柳。吃了午飯，他晃悠晃悠地來到了磚窰。

三柳不在。

十斤子就摸到了蔓的家。

即使初春，這裏中午的太陽也有幾分分量了。蔓拿了一個小木盆，把三柳叫到河邊上：

「過來呀！」

三柳腳不離地，慢慢往前蹭。

「磨蹭什麼呢？」

三柳走到河邊：「水涼。」

「涼什麼呀，河水溫和着呢。把褂子脫了。」

「我不洗。」

「看你髒的，還不肯洗。快脫了褂子呀！」蔓抓住了三柳的胳膊，直把他拽到水邊上，「脫了！」

三柳半天解一個鈕扣地拖延着。

十斤子過來，就站在籬笆牆下往這邊看。

「哎呀呀！」蔓放下木盆，三下兩下地脫了三柳的褂子。

三柳一低頭，覺得自己瘦得像雞肋一樣的胸脯很醜，加之天涼，便縮着頸項，雙臂抱住自己。

蔓打了一盆水，把三柳的手扒開，用毛巾在他身上搓擦起來。

三柳害羞了一陣，便也就不害羞了，仰起脖子，抬起胳膊，閉起眼睛，聽任蔓給他洗擦，將他擺布。

蔓往三柳身上打了一遍肥皂，用毛巾擦去後，便丟了毛巾，用手在三柳的身上咯吱咯吱地搓擦着。

此時的三柳像一個溫馨幸福的嬰兒，乖乖的。

那雙溫熱柔軟的手在他的肋骨上滑動着，在他的頸項上摩挲着。

三柳覺得世界一片沉寂，只有那咯吱咯吱的聲音在響。那聲音很脆，又很柔嫩，很耐聽。春日的陽光透過薄薄的半透明的眼簾，天空是金紅色的。有一陣，他竟

忘記了蔓在給他洗擦，覺得自己飄散到甜絲絲的空氣裏去了。

三柳朦朦朧朧地記得，還是四歲時，母親把他抱到水塘裏，給他這樣擦洗過。母親掉到潭裏淹死後，他便再沒有體味到這種溫暖的擦洗了。

三柳的黑黃的肌膚上出現了一道道紅色，接着就是一片一片，最後，整個上身都紅了。那顏色是嬰兒剛脫離母體的顏色。太陽光透過洗淨的汗毛孔，把熱直接曬進他身體，使他感到身體在舒展，在注入力量。

蔓停止了洗擦，撩了一撩落在額上的頭髮，輕微地歎息了一聲。

三柳緊合的睫毛間，沁出兩粒淚珠來。

蔓給他換上乾淨的褲子，轉身去喚在河邊遊動的鴨們：「嘎嘎嘎……」

那羣白鴨便拍着翅膀上岸來，搖搖擺擺地跟着蔓和三柳往院子裏走。

十斤子趕緊蹲了下去……

三

傍晚，三柳提着卡來到田野，十斤子早坐在田埂上了。

十斤子瞇起一隻眼，只用一隻眼斜看着三柳，嘴角的笑意味深長。

三柳的目光裏仍含着膽怯和討好。

使三柳感到奇怪的是，十斤子手裏只有一隻空繩兜，卡一根也不見。

太陽落下了。

三柳看了一眼十斤子。

十斤子一副無所事事的樣子。

三柳等不得了，便捲起褲管下了田。

「喂，喂，那田裏已插了我的卡了。」十斤子叫道。

三柳疑惑地望着並無蘆葦稈露出來的水面。

十斤子懶洋洋地走過來，走進田裏，捲起袖子，手往水田一伸，拔出一根卡來，在三柳眼前搖着：「看清楚了嗎？我插了悶水卡。」

三柳只好走上田埂，走進另一塊田裏。

「那塊田裏，我也插了悶水卡！」

三柳仍疑惑地望着並無蘆葦稈露出的水面。

「不信？」十斤子跳進田裏，順手從水中又拔出一根卡來，「瞧瞧，這是什麼？卡！」他上了田埂，撩水將腿上的泥洗乾淨，對三柳道，「新添了一百根卡，這些田裏，我都插了卡了。」

三柳望着十斤子，那眼睛在問：我怎麼辦？

十斤子隨手一指：「那兒有那麼多水渠、小溝和池塘呢。」當他從三柳身邊走過時，故意停住，用鼻子在三柳

身上好好嗅了一通，「**胰子**①味好香！」隨即朝三柳眨眨眼，轉身回家去了。

三柳愣了一陣，見天色已晚，只好一邊生悶氣，一邊將卡東一根西一根地插在地頭的水渠裏、河邊的池塘裏。那些地方，泥鰍是很少的。

其實，十斤子是胡說，還有好幾塊田他並未插卡。

第二天，三柳搶在十斤子前面插了卡，但還是留下邊上兩塊田未插，三柳不敢太激怒了十斤子。三柳插的都是明卡。在十斤子眼裏，那一根根豎着的蘆葦稈，有點神氣活現。

「你插的？」

「我插的。」

「那兩塊田是給我的？」

「給你的。」

三柳的回答是堅貞不屈的，但聲音卻如被風吹動着的一縷細絲，微微發顫。

十斤子再也不説什麼，提着卡到三柳給他留下的那兩塊田去了。

三柳立起，看了看自己佔領了的水面，帶着戰戰兢兢的勝利，離開了田野。

---

① **胰子**：肥皂、香皂。

身後傳來十斤子的叫唱聲：

新娘子，白鼻子，

尿尿尿到屋脊子……

夜去晨來，當三柳提着水桶穿過涼絲絲的空氣來到田埂時，眼前的情景卻是：凡被他插了卡的田裏，水都被放乾了，那兩百根蘆葦稈瘦長瘦長，直挺挺地立在污泥上。

三柳蹲下去，淚水便順着鼻樑滾動下來。

晨風吹過，蘆葦稈發出嗚嗚的聲響，有幾根搖晃了幾下，倒伏在污泥裏。

那邊，十斤子在收卡，但無張狂和幸災樂禍的情態，反而收斂住自己，不聲不響。

三柳站起，突然將水桶狠勁摜[1]向空中，那水桶在空中翻了幾個跟頭跌在田埂上，嘩啦一聲散瓣了。

三柳抹一把眼淚，猛一吸鼻涕，朝十斤子走過去，像頭受傷的小牛。

十斤子第一回怕起三柳來，往田中央走。

三柳下了田，緊逼過去。離十斤子還剩七八步時，竟然嘩啦嘩啦撲過去。

---

[1] 摜：扔、摔。粵音慣。

十斤子放下水桶，將身子正過來迎對三柳。

三柳一把勒住十斤子的衣領，樣子很兇惡。

「鬆手！」

三柳不鬆。

「你鬆手！」

三柳反而用雙手勒住。

「你真不鬆？」

三柳勒得更用勁。

「我再説一遍，你鬆手！」

三柳就是不鬆。

十斤子臉憋紅了，伸出雙手揪住三柳的頭髮。

兩人先是糾纏，後是用力，三柳被攢倒①在泥水裏，但雙手仍死死揪住十斤子的衣領。

十斤子往後掙扎，企圖掙脱。

三柳依然死死抓住，被十斤子在泥水裏拖出幾米遠。

十斤子低頭喘息着。

三柳雙手吊住十斤子在泥水裏半躺着。

兩對瞪圓的眼睛對峙着。

又是一番掙扎和廝打，十斤子終於將三柳甩開。

三柳渾身泥水，搖搖晃晃站起來，堅忍不拔地朝十斤

---

① 攢倒：跌倒。

子走過去。

十斤子往後退卻。十斤子的水桶在水面上漂着。

三柳走過去，抓起水桶，拋向空中。

水桶落下，傾倒在水裏，泥鰍全都溜走了。

十斤子猛撲過來，將三柳按在泥水裏。

三柳便抓稀泥往十斤子臉上甩，直甩得十斤子兩眼看不見。

打到最後，兩人渾身上下都糊滿稀泥，只剩下兩對眼睛不屈不撓地對望。

十斤子先撤了。

三柳卻叉腿站在田裏一動不動像尊泥塑。

是蔓將他勸了回去。

十斤子回到家，遭到父親一頓狠打：「不興①這樣欺負人！」並被父親用棍子趕上了路，「向人家三柳賠禮去！」

十斤子無奈，磨磨蹭蹭地朝前走。知道三柳這會兒肯定在蔓家，他便徑直來了。

院裏有哭泣聲。

三柳坐在門檻上，雙手抱膝，身子一聳一聳地嗚咽着。

蔓沒勸三柳，也在一旁輕聲啜泣。這啜泣聲是微弱的，

---

① **不興**：不該、不能。

卻含着綿綿不盡的苦澀、愁慘和哀怨。

站在院門外的十斤子把頭沉沉地低下去。

這男孩和少婦的極有克制的哭泣聲融合在一起，時高時低，時斷時續，僅僅就在廣漠的天空下這小小一方天地裏低迴着。

過了一會兒，蔓説：「要麼，你就不去插卡了。鴨快下蛋了，錢夠用的。」

蔓又説：「要麼，我去找十斤子好好説説，十斤子看上去可不像是個壞孩子。」

十斤子沒有進門，順着院牆蹲了下去……

四

十斤子悄悄挖開水渠，往那些已乾涸的田裏又注滿了水後，卻佯稱肚子整天疼，一連三日，未到田裏插卡。

第四日，十斤子才又來到田邊，但還不時地捂着肚子。兩人都很客氣，各自從最東邊和最西邊一塊田插起，插到最後，中間的兩塊田都空着。一連好幾日，都是如此。最後還是十斤子先説了話：「我們都插得稀一點。」

這天，兩人只隔了一條田埂插到一塊兒來了。三柳從懷裏掏出兩根粗細適中的鴨毛管給十斤子，説這是蔓從她家鴨身上取下的，讓帶給他穿蚯蚓用。十斤子看了看，心裏很喜歡。

論插卡抓泥鰍，十斤子自然比三柳有經驗多了。坐在田埂上，十斤子滔滔不絕地將這些門道全都教給了三柳：「蚯蚓不能太粗，粗了容易從芒上滑下來。穿了蚯蚓要放在太陽底下曬，讓蚯蚓乾在芒上。插下卡，用腳在它周圍攪兩下，攪出渾水來，不然，羅漢狗子（一種小魚）要啜蚯蚓，泥鰍卻不怕水渾。風大，要順着風插悶水卡。你想呀，稈直直地挺着，風把稈吹得直晃悠，線就在水裏抖，泥鰍還敢來咬嗎？線不能掛得太靠下，吃了芒的泥鰍夠得着往泥裏鑽，就得了勁，能掙脫了，可懸在水裏，牠就不得勁了……」

三柳聽得很認真，眼睛一亮一亮地閃。

除了說這些門道，十斤子總愛跟三柳打聽蔓的事。有一點兩人似乎都想不太明白：人們為什麼不太想走近蔓？

一天，三柳對十斤子說，蔓可以幫他們兩人挖蚯蚓，讓十斤子拿了卡，也到她的院子裏去穿蚯蚓。

十斤子雖然有點不好意思，但卻很願意。

這樣一來，白天的大部分時間，十斤子便和三柳一起泡在了蔓家。

蔓的臉色就越發的紅潤，眼睛也就越發的生動。她跟這兩個孩子有說有笑，並直接參與他們的勞動。她有無窮無盡的好處讓兩個孩子享受：一會兒，她分給他們一人一根又鮮又嫩、如象牙一般白的蘆根，一會兒又捧上一捧紅

得發亮的**荸薺**①。蔓除了飼養她那羣白鴨，所有的注意力都在兩個抓泥鰍的孩子身上了。

小院很溫馨，很迷人。

大人們很有興趣地看着兩個孩子從這院子裏出出進進。

「你叫她嬸，還是叫她姐？」十斤子悄悄問三柳。

三柳還沒想過這個問題，很困惑：「我也不知道。」

天暖了，水田放了水，要種莊稼了，十斤子和三柳不能插卡了，但一有空還是到蔓的院子裏來玩。

大約是秋末，三柳跑來告訴十斤子：「她要跟一個遠地方的男人走了。」

「那你怎麼辦？」

「她要帶我走。」

「你走嗎？」

「我不喜歡那個男的。他太有錢，可他卻喜歡我。」

「那你跟她走吧。」

「……」

「你叫她嬸，還是叫她姐呢？」

三柳依然說不好。

三柳臨走的頭天晚上，把他的兩百根卡都拿來了：「她

---

① **荸薺**：又叫馬蹄。粵音脖齊。

讓把卡留給你。」

那卡的稈經過一個夏天一個秋天，紅亮亮的。

「給你吧。」三柳用雙手將卡送到十斤子面前。

十斤子也用雙手接住。

兩人默默地看了看，眼睛就濕了。

蔓和三柳上路那天，十斤子送了他們好遠好遠……

第二年冬末，十斤子提着四百根卡來到田邊。三柳永遠地走了，所有的水田都屬於他了。插卡時，他的心就空落落的。第二天早晨收卡時，天底下竟無一絲聲響，只有他獨自弄出的單調的水聲。水又是那麼的冰涼，到處白茫茫的一片，四周全無一絲活氣。十斤子忽然覺得很孤獨。

他只把卡收了一半，便不再收了，並且從此把那些收了的卡洗乾淨，永遠地懸吊在了屋樑上。

於是，這其間的田野，便空空蕩蕩的了。

月白風清

秋天的深夜。

田野間的一條大路正中間，盤腿坐了一個叫九瓶的孩子。他困倦地卻又有點緊張地在等待着一支「送椿」的隊伍。他知道，他們肯定會從這條大路的盡頭過來的。

這地方，無論是婚喪嫁娶，還是新舍落成、大船下水、插秧開鐮，都另有一套習俗。許多別具一格的儀式和特別的活動，都有別樣的味道與情趣，並極有想像力。其中一項叫「送椿」。

這宗活動究竟是誰發明，又始於何年，這裏的人已經不很清楚，但這活動卻一直未曾中斷過。

這一活動的全部目的在於：叫一個久未開懷的女人生養一個男孩。

這台大戲由十六個大漢唱演。或許是嘴饞了想打牙祭，或許是真的同情那橫豎生不出孩子的人家，在向主人表示了願意出力又與主人達成默契後，經過一番精心策劃，這十六個大漢趁着夜色去一個姓成的人家悄悄偷了拴公牛的牛椿，然後用紅布仔細裹好，放在一個大盤中，令一人捧着，其他各位前

後保衛，在夜幕的掩護下送給這戶不生養的人家。主人家早在家中靜悄悄地等着，送椿隊伍到了，又是一套儀式，等將這用紅布包着的牛椿放在牀的裏側之後，就聽主人說：「開席！」那十六個漢子一律被奉為上賓，酒席恭維，叫他們狂飲飽啖，直至酩酊大醉，倒的倒，鬧的鬧，鑽桌底的鑽桌底。據講，那女人當年就可開懷，並且生下的一定是個白胖小子。事實是否如此，無人論證，但都說極靈。至於為什麼偷人家牛椿，大概是因為牛椿這一形象可作為男性的某個象徵吧。至於為什麼又一定要偷姓成人家的牛椿，估計是沾一個「事竟成」的美意。源遠流長的民間活動年復一年地進行着，但很少會有人想起去研究它的出處和含義的。

就在這天，九瓶放學回家，正在院子裏抽他的陀螺，就聽母親對父親低聲說：「二扣子他們幾個，要給東邊二麻子家送椿呢。」「哪天？」「說是後天，後天是個好日子。」「怎麼漏了風聲？要是有別人去劫椿，不就白擺了兩桌酒席了？」母親說：「不知道是怎麼走漏風聲的……」她望了一眼門外，「劫椿比送椿還靈呢。他三舅那年劫了人家的椿，送給他二舅家，當年不就得了阿毛！」轉眼看見了九瓶，她忙叮嚀道，「別出去亂說，亂說撕你嘴！」

九瓶正一門心思地在抽他的陀螺，母親的話風一樣從他的耳邊颳過去了，依然抽他的陀螺。

他的陀螺很醜，是自己用小刀刻的，刀也沒有一把好刀，因此看上去，那隻陀螺就像狗啃的。抽陀螺的鞭子，説是鞭子，實際上不知是從什麼地方撿來的人家扔掉的一根爛褲帶。那褲帶拴在一根隨手撿來的還有點彎曲的細棍上。九瓶買不起陀螺，哪怕只是五分錢一隻的陀螺。九瓶不好意思在學校當着那麼多同學的面玩他的陀螺。在學校，他只是看別人玩陀螺。那些陀螺是彩色的，一旦旋轉起來，那些線條，就會旋成渦狀，十分好看。一片大操場，幾十隻五顏六色的陀螺一起在旋轉，彷彿開了一片五顏六色的花。鞭子抽着那些陀螺，發出一片啪啪響，沒看到的還以為是放爆竹。那場面會看得九瓶心跳跳的。但他卻裝着並不十分感興趣的樣子。他摸摸書包中自己的那隻拿不出手的陀螺，嚥了嚥唾沫，仰着臉，背着手，聲音歪歪扭扭地哼着歌上廁所去了。沒有尿，就站在尿池旁看天上的鳥，等尿一滴一滴地出來。

現在，九瓶在院子裏使勁地抽着他的陀螺。他已憋了一整天了。

九瓶將院子裏抽得灰蓬蓬的。

陀螺在泥灰裏旋轉着⋯⋯

「劫椿比送椿還靈呢⋯⋯」

這聚精會神抽陀螺的孩子，耳朵旁莫名其妙地響起這句話來。他下意識地回頭看了一眼，並未看到母親——她

早和父親進屋裏去了。

後來，這孩子的注意力就有點集中不起來了，地上的陀螺也就轉得慢了下來。

一個念頭像一條蟲子鑽進了他的腦子。

陀螺慢得能讓人看到它身上的一個小小的疤痕了。它有點跟跟蹌蹌。他手中的鞭子有一搭無一搭，很稀鬆地抽着。陀螺接不上力，在掙扎着。他再也無心去救它。它終於在灰塵裏倒了下去。

他呆呆地站在院子裏，鞭子無力地垂掛在他的手中。

吃晚飯了。一盞小煤油燈勉強地照着桌子。

桌子上很簡潔，除了一碗碗薄粥，就是桌子中間的一碗鹽水。祖父、祖母、父親、母親還有似乎多得數不過來的兄弟姐妹，人挨人地圍着桌子。喝粥的聲音、咂鹽水的聲音交織在一起，聽起來像是風從枯樹枝間走過的聲音。

今天，九瓶與家人喝粥、咂鹽水的節奏似乎不太一樣，要遲鈍許多。像有十幾架風車在呼呼地轉，轉得看不見風葉，但其中有一架不知是為什麼，轉也轉，但轉得頗有點慢，那風葉，一葉一葉地在你眼前過。

一會兒，大家都吃完了飯，九瓶卻還沒有丟碗。

母親收拾着碗筷，順手用一把筷子在他的頭上敲了一下：「快吃！」

他大喝了幾口，抬頭問：「媽，劫椿比送椿靈嗎？」

母親疑惑地：「你問這個幹嗎？」

九瓶低下頭去，依然喝他的粥。

晚上，九瓶坐到了屋前的池塘邊。在這個孩子的心裏，一個念頭在蠢蠢欲動地生長着。

月亮映照在池塘裏，水裏也有了一個月亮。有魚躍起，水晃動起來，月亮就在水裏忽而變圓，忽而拉長。

來了一陣涼風，這孩子渾身一激靈，那個念頭就一下蹦了出來：我要劫椿！

這念頭的蹦出，就好像剛才那條魚突然從水中蹦出一樣。本在心裏説的話，但他卻覺得被人聽見了，趕緊轉頭看了看四周……

「送椿」必須秘密進行。因為萬一洩露天機，讓別人摸清了送椿人的行動路線，只需在路上的一個隱秘處悄悄放一根紅筷或一枚銅板，送椿隊伍踏過之後，那牛椿上的運氣、喜氣就會全被劫下了。

九瓶還是個孩子，他還根本不明白也不關心女人們的生養之事，更無心想到自己日後也要撈個兒子，只知道這事一定妙不可言，一定會給這個人家帶來什麼吉利和幸事，不然主人幹嗎花了那樣的大價錢僅僅為了獲得一根破牛椿還樂顛顛的呢？

這孩子將牛椿抽象成了幸福與好運。

九瓶有點癡。這裏的人會經常看到這孩子坐在池塘邊

或是風車榫上或是其他什麼地方想心思。

九瓶幻想着。他將幸福與好運具體化了：我有一個好書包，是帶拉鏈的那種，書包裏有很多枝帶橡皮的花桿鉛筆；我有一雙白球鞋，鞋底像裝了彈簧，一躍，手能碰到籃球架的籃板，再一躍，又翻過了高高的跳高橫杆；口袋鼓鼓的，裝的淨是帶花紙的糖塊，就是上海的大姑帶回來的那種世界上最好看的、引得那幫小不點兒流着口水跟在我屁股後頭溜溜轉的糖塊；桌上再也不是空空的，有許多菜，有紅燒肉，有雞有鵝，有魚，有羊腿，有豬舌頭，有豬頭肉，有白花花的大米飯；我還要有一隻彩色的陀螺，是從城裏買回來的，比他們所有人的陀螺都棒，我只要輕輕地給它一鞭子，它就滴溜溜地轉，轉得就只剩下了個影，我還能用鞭子把它從地上趕到操場上的大土台上……

後來，這陀螺竟在九瓶的眼前飛了起來，在空中往前旋轉着，眼見着就沒了影，忽而卻又旋轉回來了，然後就在他的頭頂上繞着圈旋轉着……

牛椿撩撥着九瓶，引逗着九瓶，弄得九瓶心惶惶然。

母親在喊他回家睡覺。

接下來的兩天時間裏，這孩子既坐臥不寧，又顯得特別的沉着。他在精心計算着送椿隊伍的行走路線。他在本用來寫作文的本子上，畫滿了路線圖。

「送椿」的路線是很有講究的：必須去是一條，回又

是一條，不可重複，而且來去必須各跨越五座橋。這其間的用意，九瓶不甚了了，那些送椿的人也未必了了。九瓶在與母親的巧妙談話中，搞清楚了一點：附近村裏，共有三戶姓成的人家養牛，而施灣的成家養的是一頭母牛，實際上只有兩戶姓成的人家可能被偷牛椿。他又是一個喜歡到處亂走的孩子，因此，他用手指一扎，馬上就知道了附近橋樑的數目。然後，他就在本子上計算：假如要來回過五座橋，且又不重複，應該走哪一條路線？他終於計算出了路線——這是惟一的路線。清楚了之後，他在院門口的草垛頂上又跳又蹦，然後從上面跳了下來。

這天傍晚，九瓶看到了二扣子他們三三兩兩、鬼鬼祟祟的樣子。他當沒有看見，依然在門口玩陀螺。

晚上，他說睏，早早地就上了牀。

他藏在被窩中的手裏攥着一枚銅板。那是他從十幾枚銅板中精心選出的一枚「大清」銅板——其他的銅板都在玩「砸銅板」的遊戲中被砸得遍體都是麻子，只有這一塊銅板還沒有太多的痕跡。

他將手拿了出來。銅板被汗水浸濕了，散發着銅臭。九瓶覺得這氣味很好聞。他將銅板舉了起來，借着從窗裏照進來的月光，他看到它在閃光。

等父親的鼾聲響了起來，他悄悄地爬下了牀，悄悄地打開了門，又悄悄地關上了門，然後就悄悄地跑進了夜色

中。

　　他沿着狹窄的田埂，跑到了這條遠離村莊的安靜的大路上。他跳下大路，低頭看了看路面下的涵洞。他從涵洞的這頭看到了涵洞的那頭。他像一條狗一樣鑽進了涵洞，然後將銅板放在了涵洞的正中間。他又爬到了大路上，然後就坐在路上等待着。他知道，距送椿的隊伍通過這裏還要有一段時間。

　　月亮在雲裏，雲在流動，像煙，月亮就在煙裏模模糊糊地飄遊。

　　初時，九瓶並不太害怕，但時間一長，他就慢慢怕了起來。他的腦海裏老是生出一些令人毛骨悚然的形象來：七丈黑魔、嫋嫋精靈、毛茸茸的巨爪和藍幽幽的獨眼……

　　起風了，是深秋之夜那種侵入肌骨的涼風。蘆葦沙沙沙作響，讓人總覺得這黑暗裏潛伏着個什麼躁動不安、會隨時一躥而出的黑東西。天幕垂降的地方是片老墳場。藍瑩瑩的鬼火在隆起的墳間跳躍着，顫動着。

　　此時，那些在瓜棚豆架、橋頭水邊聽到的鬼怪故事都復活了。那風車，那樹，那土丘，都變成了有生命的東西，並且看它們像什麼就像什麼。

　　黑不見底的林子裏，不時傳來一聲烏鴉淒厲的叫聲。風也漸漸大了起來。

　　九瓶有點堅持不住了，他向家的方向望着。

眼前又出現了陀螺。他就告訴自己，不要想別的，就只想陀螺。陀螺就在打穀場上轉了起來，在學校的操場上轉了起來，在路上轉了起來，在橋上轉了起來，在空中轉了起來，在水上轉了起來⋯⋯

唰唰⋯⋯

從遠處傳來了這樣一種聲音，這個孩子的心一下收緊，陀螺像一束光消失了。他跳下大路，鑽進了路邊的蘆葦叢。他沒有往蘆葦叢的深處去，他要守着他的涵洞和銅板。他要親眼看到他們從涵洞上、銅板上跨過。

送椿的隊伍正走過來。走在前面的是八個大漢，分兩列，各執一把大掃帚。他們一路走，一路橫掃着路面。他們要掃掉有可能掩藏於路上的暗物，使那些可能在暗中正實施着的劫椿計畫不能夠實現。

月亮從雲罅裏灑下一片白光。

九瓶輕輕扒開眼前的蘆葦。他已能清楚地看見長長的送椿隊伍了：八個大漢有節奏地掃着路面，一路的灰塵，中間一個大漢捧着牛椿，後面還有七個大漢保護着，一副煞有介事、神聖不可侵犯的樣子。田野上，籠上一片神秘的氣氛。

九瓶看呆了，一不小心碰響了蘆葦。

隊伍忽地停下了。

九瓶像一隻受驚的貓，緊緊地伏貼在地上，不敢出氣。

按這裏的鄉民們一律都得服從、不可違抗的鐵規，一旦發現有人劫椿，全部費用都得由劫椿者承擔，沒有二話。

唰唰唰聲又重新響起。

九瓶慢慢地抬起頭來，身上卻早出了一身冷汗。

掃帚聲洪大起來。隊伍已經開始通過涵洞。走在前面掃路的幾個漢子，是極負責任的，他們掃得很賣力，灰塵、草屑被掃到了路下，甚至揚到了蘆葦叢裏。

九瓶在心裏罵了一句：「狗日的，把灰全掃到我眼裏了。」

隊伍又停了下來。

有人說：「我記得這兒有個涵洞。」

九瓶在蘆葦叢中將眼睛睜大了。

後面的一個漢子就跳下了路，低頭朝涵洞裏望着，還伸手朝裏面擼了擼，也沒有說一聲他所觀察到的情況，就又回到路上。

唰唰唰聲又響了起來，然後越來越遠，越來越小……

九瓶從蘆葦叢裏站了起來。他踮腳遠眺，側耳細聽了一陣，知道他們確已遠去，便衝出了蘆葦叢，撲到涵洞口，就地趴下，將一隻手顫顫抖抖地伸進涵洞裏急促地抓摸起來：咦！那銅板呢？九瓶將頭伸進了涵洞，兩隻手在裏面胡亂地抓摸着，半天也沒有抓摸到，急得把手搞到爛泥裏。

他停住了，趴在涵洞裏不動彈了。狗日的，把銅板給

摸走了！

風從涵洞的那頭吹來，涼絲絲的。

九瓶不知趴了多長時間。

樹林裏，傳來了烏鴉叫聲。

他將身子慢慢朝後退着。他的手掌好像碰到了什麼，他渾身哆嗦起來——他從磚縫裏找到了銅板！

攥着銅板，他沿着田埂撒腿朝家跑去。在過一座獨木橋時，他走到中間時就有點不能保持平衡了，終於未等完全走過去，跌落到了橋下，重重地摔在了河坎上。他掙扎了半天也不能起來，腰好像被跌斷成了兩截。他索性躺在了河坎裏哼哼着。一邊哼，一邊張開碰破了皮正在流血的手，他見到了那枚銅板在月光下閃閃發亮。

回到家，九瓶把銅板放在一個不知從哪兒撿來的空罐頭鐵桶裏，摟在懷裏睡着了。

第二天上學前，九瓶輕輕地搖了一下小鐵桶，銅板撞擊着，發出清脆悦耳的聲音。九瓶把它放在耳邊，那金屬的餘音還久久地響着。他認定好運都傳到了這枚銅板上，都被它給留住了。

他把小鐵桶放在窗台上。它受着陽光的照射，給了這個孩子無限的遐想……

大約過了一個星期，不知是為什麼，他開始莫名其妙地不安和煩躁起來……

二麻子家離九瓶家約百步之遙。每日上學，九瓶必經他家門前。二麻子其實並非麻子，只是他的哥哥和弟弟都是麻子，按排行叫順了，他也成了麻子。這人很厚道，平素總是笑模笑樣的。不知是因為九瓶長得招人喜愛，還是因為九瓶總甜絲絲地叫他叔叔，他似乎特別喜歡九瓶。他愛捕魚，總是叫九瓶給他提着魚簍，臨了分九瓶一碗小魚小蝦帶回家去。他已四十出頭，但還沒有孩子。大概是他夫婦倆想到了他們已再也沒有時間了，才決定答應讓人送椿的。雖然看上去，他家的日子要比九瓶家好一些，但花這筆錢也是很不容易的。因為，九瓶上學放學路過他家門前時，眼睛一瞥，總看見他們夫妻倆一日三頓尖着嘴，吸溜吸溜地喝帶野菜的粥。鹹菜都捨不得吃（拿到市上賣了），只是像九瓶家一樣也吧嗒吧嗒地用筷子蘸鹽水。但夫妻兩個卻滿面盪漾着笑容。

　　「捕魚去吧？」他幾次邀請九瓶。

　　「不。」九瓶頭一低走了。

　　一天，他在路上遇到了九瓶，有點生氣了：「喂，你為什麼不叫我叔叔了？」

　　九瓶抬頭看了一眼他那雙和氣的細小的眼睛，趕緊從路邊上溜了。

　　回到家，九瓶望着窗台上的小鐵桶，就有點發呆。

　　「看，看，成天看，一個破鐵桶怎麼看個不夠？」母

親嘮叨着。

　　九瓶把鐵桶藏到了讓貓進出的門洞裏。

　　過了幾天，九瓶晚上放學回家，老遠就聞到一點魚味：「媽，哪兒來的魚？」

　　「你二麻子叔叔給你送來的。你怎麼不叫他叔叔了？你這孩子怎麼這樣沒心肝？白眼狼！打上回受椿，他欠了人家的債，打的魚連自己都捨不得吃，賣了掙錢，卻還給你留點。」

　　那魚，九瓶是一筷子未動，全被弟弟妹妹們吃了。從此，九瓶上學不再從二麻子家門前經過，而是繞了一個很大的彎兒走了另一條道。

　　此後，九瓶少不了在田埂上、小河邊撞見二麻子。他瘦了，肩胛聳起，大概日子過得過於儉樸。但那對蝌蚪狀的眼睛裏，兩撇短而濃黑的眉宇間，厚實而拉得很開的嘴唇邊卻洋溢着喜滋滋的神態。九瓶甚至聽見他在捕魚時，竟不怕人見笑地用暗啞的嗓子哼起粗俗的小調來。他每次見到九瓶，總是寬厚地甚至討好地對九瓶笑笑。彷彿他真的在什麼地方不小心得罪了九瓶，希望九瓶諒解他。

　　見到那對目光，九瓶逃遁了。

　　學校的老師同學、家裏的人都發現了這一點：九瓶常常走神，並且臉色看上去好像生病了。但家裏孩子多，家裏人也沒有將他太當回事。

一天母親從外面回來，對父親說：「二麻子家的還真懷上了。」

九瓶聽見了，衝到了外面，爬上了門口的大草垛。站在垛頂上，他望着天空，張開雙臂，並擺動雙臂，像要飛起來，還嗷嗷大叫。

後來，他躺在草垛頂上，將兩隻胳臂垂掛在草垛頂的兩側，頭一歪，竟然睡着了。

這樣過了幾天，九瓶卻又很快地陷進焦灼的等待中。大人們都在說，懷孕不等於送椿的成功，還必須在九個月後再看是否是個男孩，女孩不算，女孩是草芥。

二麻子的妻子似乎因為自己突然懷孕而變得情緒亢奮，臉頰上總是泛着新鮮的紅光。她的腹部日甚一日地鼓大，大搖大擺、笑嘻嘻地從人面前晃過。她似乎最喜歡到大庭廣眾之中去，因此常常從九瓶家門前經過到村頭那個石磨旁──那兒經常不斷地有人聊天。

九瓶則常常悄悄地閃到村頭的那棵銀杏樹後，探出半個臉，用一隻眼睛望着她鼓起的腹部：那裏面到底是個女孩還是個男孩呢？

她發現了九瓶，笑了：「鬼！瞅什麼呢？」她低頭看了一眼那隆得很漂亮很帥氣的腹部，笑得脆響，「你媽當年就這樣懷你的。尖尖的，人都說她要生男孩。結果生下你，真是，一個好看的大小子，福氣！」

九瓶不敢看她。

「哎，」她走過來，小聲説，「你説叔母一定會生個小子嗎？」

九瓶點點頭，撒腿就跑。

她在九瓶身後咯咯咯地笑着：「小鬼，羞什麼呢？」

她不再出來走動了。一天，九瓶在田埂上挖野菜，忽見二麻子氣喘吁吁地朝村子裏跑去，人問他幹嗎着急，他結結巴巴地説他妻子肚子疼了，要帶接生婆。

九瓶把野菜挖到了離他家不遠的地方，藏在樹叢裏。從那裏，能聽到二麻子家的一切動靜。他的呼吸有些不均匀，他能聽到自己快速的心跳。

夜幕降臨之際，從茅屋裏傳出了呱呱的啼哭聲。

黑暗裏，路上開始有人説話了：「二麻子家的生啦！」「男的女的？」「丫頭片子！」

九瓶愣了，忘了拿竹籃和鐵鏟，在野地裏遛了半天才回了家。

母親正在屋裏與幾個女人議論椿是否被人劫了去了。意見差不多：被劫了。於是，她們就用狠毒的字眼兒罵那個劫椿者。

夜深了，九瓶躡手躡腳地爬起來，從門洞裏摸出那個小鐵桶，倒出了那塊銅板。月光下，它依然閃爍，十分動人。

九瓶在手裏將它翻看了幾下，用手捏住它的邊緣，然後手指一鬆，它就當的一聲跌進了鐵桶。

第二天，九瓶覺得很多人在用眼睛看他。

第三天，九瓶覺得所有的人都在用眼睛看他。

第四天，正當九瓶要把小鐵桶深深地埋葬掉時，二麻子一腳跨進了九瓶家院門。

九瓶一下子靠在了院子裏的石榴樹上。

二麻子顯得十分激動，厚嘴唇在顫抖，套在胳膊上的竹籃也在顫抖。

九瓶以為二麻子會過來一把抓住他。可是，二麻子卻笑了，揭掉蓋在竹籃上的布，露出一籃子染得通紅的雞蛋來。

母親已迎出來：「他二叔……」

「添了個小子，請你家吃紅蛋！」

母親依舊怔怔地望着他。

他像是明白了：「接生婆的主意，説我四十出頭得子不易，按過去的老規矩來，先瞞三朝。」轉而衝着九瓶，「接呀！」

九瓶疑惑着，站着不動。

二麻子過來，抓過九瓶的兩隻手：「在這個村裏，我最喜歡的孩子就是你了。」他在九瓶的手上各放了一個鮮紅的雞蛋。

九瓶又愣了一會兒，一手抓了一個紅蛋，高高地舉着，衝出了院子。

太陽很好，陽光燦爛。天空潔淨，顯得無比高遠。林子裏，荷葉間，草叢中，鳥叫蟲鳴。萬物青青，透出一派新鮮的生命。九瓶把兩隻紅蛋猛力拋向空中。它們在藍天下畫出兩道紅弧。

晚上，九瓶又想起了門洞裏那個小鐵桶。他把它摸出來，捧着，來到了門前的池塘邊坐下。他輕輕地搖了搖，那金屬的聲音依舊那麼清脆。

他忽然有點傷感，有點惆悵，有點惋惜，還有點失望。

清夜無塵，月色如銀。

九瓶將鐵桶高高地舉起，然後使勁搖着。銅板在鐵桶裏嘩啦嘩啦、嘩啦嘩啦……

九瓶終於不搖了。他取出銅板，用手捏住，舉在眼前。它的邊緣鑲了細細一圈光圈。他將它拿到鼻子底下聞了聞，然後站了起來，用力將它拋進了月光裏……